CHARACTER

ラゼル
弱いという理由で国を追放された少年。

レイフェルト
ラゼルの幼馴染のお姉ちゃん。

リファネル
ラゼルの実姉。剣聖の称号を持つ。

ルシアナ
ラゼルの実妹。賢者の称号を持つ。

ラナ

シルベスト王国の第二王女。

ロネルフィ

ラルク王国の最強の女。

クラーガ

「竜殺し」の異名を持つSランク冒険者。

セロル

ルシアナと仲がいい（?）精霊。

CONTENTS

姉が剣聖で妹が賢者で 2

戦記暗転

BRAVENOVEL
ブレイブ文庫

第一章

朝、いつも通りの暑苦しさで目を覚ます。

姉さん達に抱きしめられてる腕を外し、どうにかベッドを出る。

始めはガッチリと抱き抱えられていて外せなかったけど、何となくコツがわかってきた。

こんなコツを掴んだからといって、どうしたって感じではあるけど……

今日はギルドに行こうと思ってる。

お金に困ってるわけではないけど、家にいても特にすることはないし、一人で剣を振ってるのも少し飽きてきた。

そろそろ相手が欲しい所だったので、僕でも倒せそうな魔物を倒しに行こうかと考えていた。

それに、お金は沢山あるけど、それらはほとんど姉さん達が手に入れたものだ。

なるべく姉さん達に頼らず、自分で手に入れたお金で暮らしたいという気持ちもある。

けれど、僕が一人で行くなんて言ったら絶対に姉さん達がついてくるに決まってる。

そうなると僕が戦う間もなく終わってしまうので、今日は姉さん達に気付かれないように一人で向かうことに。

「う〜ん、何処にいくのかしら？」

物音をたてないようにゆっくりと準備していたつもりだったんだけど、どうやらレイフェルト姉を起こしてしまったようだ。

リファネル姉さんとルシアナはまだ寝てるみたいだけど。

「おはよう。ちょっと庭で剣でも振ってこようかなって。あと、そこら辺を軽くジョギングかな」

「そう、程々にね」

「うん、じゃ行ってくるね」

流石のレイフェルト姉も、庭まではついてこなかった。

嘘をつくのは心が痛むけど、こうでもしないと一人でいけないし、たまにはいいよね？

僕は家を出て、なるべく足音を立てないようにして、ギルドに向かった。

＊

ギルドまでの短い道中、僕は歩きながら最近起きたことを思い返していた。まだラルク王国を追い出されてから日は浅いけど、僕にとってここ数日で起きた出来事はかなり濃い内容だった。

普通のゴブリンに始まり、特殊個体の白いゴブリン。そしてSランクのドラゴンを姉さん達と討伐して、その報酬で家を買って。極めつけは魔族の幹部の強襲だもんね。あのときはタイミングよくルシアナが来てくれなかったら本当にどうなっていたか……

＊

「おはようございます、ラゼルさん。今日は何か依頼を受けてくんですか？」

ギルドに着くと、いつもの受付のお姉さんが笑顔で出迎えてくれた。

何だかもの凄く久しぶりに感じる。

実際はそんなことないいんだけどね。

「おはようございます。魔物の討伐依頼を探してるんですけど、何かオススメありますか？

なるべく弱いのでお願いしたいんですが」

自分で掲示板を見て探してもよかったんだけど、せっかくなので聞いてみることにした。

「弱い魔物の討伐、ですか？　――少々お待ちくださいね」

お姉さんは一瞬不思議そうな顔をして、手元の紙の束をペラペラと捲り始めた。

この人は僕がAランクの冒険者って知ってるから、こういう風に言っとかないと、Aランク相当の魔物をあてがわれてしまうかもしれない。

同じパーティの姉さん達のおかげで僕もAランクにしてもらえたけど、実際の僕自身の強さはDランクくらいしかないからね。

言ってしまえばオマケみたいなものだ。

「えーと、この前と同じくゴブリンでもいいのですが、これなんてどうでしょうか？」

「オーガ……ですか？」

僕の前に差し出された依頼書には、オーガの討伐と書かれていた。

オーガとは、成人男性と同じくらいの体躯の、額にデカイ角を生やした魔物だ。

実際に見たことはないが、確か推奨ランクはＣランクだった気がする。

「ええ。ゴブリンより少し強いくらいですし、オーガは基本単独で行動してるので、戦いやすいかと」

うーん、ゴブリンより少し強いくらいならいけるかな？

普通のゴブリンは僕でも余裕だったし。

「それに、ゴブリンと違って魔石の買い取りだけじゃなく、討伐すること自体にも報奨金がでます。最悪、オーガを見つけられなかったとしても、ゴブリンを討伐すれば魔石は買い取りますから、無駄足にはならないと思います」

なるほど、場所もこの前と同じキャニオ森林だし、丁度いいかも。

「それでお願いします」

ギルドを出て、僕は一人でキャニオ森林へと向かった。

向かう途中で屋台で軽い朝食を済ませ、ポーションも数個程買い込む。

うん、準備はオーケーだ。

なんだろう、この国に来て初めて冒険者らしいことをしてる気がする。

なんだかワクワクしてきた。

＊

キャニオ森林に着き、奥へ進んでいく。

オーガを探してる途中で、ゴブリンを何度か見かけたが、とりあえずは無視することにした。

今日の目的はあくまでオーガ討伐だ。

どうしても見つからなかった場合、諦めてゴブリンを倒して帰ろう。

視界を遮るくらいに伸びた木々や、気味の悪い色をした蔦を掻き分けながら奥へ奥へと進んでいく。

途中でゴブリンに気付かれてしまい何度か戦闘になったけど、今の所は無傷で済んでいる。

「一応拾っておこうかな。あって困るものじゃないしね」

ゴブリンから出た魔石を袋に詰める。

魔石は僕達人間にとって、必要不可欠なものだ。

普段生活で使う火だったり灯りだったり、お風呂でお湯が出るのだって魔石のおかげだ。

もちろん拾ったばかりの魔石をそのまま使えるというわけではないけど。

ちゃんと魔石を加工する人がいて、魔石を鑑定する人もいる。

僕はこれ以上の無駄な戦闘を避けるため、より注意深く進んだ。

いくら簡単に倒せるからといって、その度に戦ってたら時間が勿体ないし、体力も削られる。

いざオーガを見つけた時に、疲れた状態というのは避けたい。

＊

――森に入って数刻。

中々見つからず、そろそろ諦めも視野に入れ始めた頃だった。

「――居た」

遂に見つけた。

あの額のデカイ角、間違いない。

だけど…………少し大きい気がするな。

気のせいかな？

成人男性と同じくらいの大きさと聞いていたが、今僕の視界に映るオーガは、それよりも一回り程大きい気がした。

まぁ、人間にも大きい人もいれば、小さい人もいる。

魔物にも個体差はあるよね。

僕はオーガの正面に出て、剣を構えた。

後ろから奇襲をかけてもよかったけど、一応修行も兼ねてるので、正々堂々と戦うことに。

「ガアアアアアアアアアッッ!!」

僕の存在に気付いたオーガは、荒々しい叫び声と共に拳を振り下ろしてきた。

「うわッ!?」

速さはそこまでなかったので、余裕とはいかないものの避けることはできたのだが、オーガの拳が直撃した木がへし折れていた。

「なんてパワーだ」

折れた木を見て、気合いを入れ直す。

一撃でも食らったら終わりだ。

「ガアァッッ！」

それから、オーガの拳を避け続けた。

まだ一度も反撃はできていない。

避けることに集中していて、そんな暇はなかった。

「ガァッ、ガ……」

だが次第にオーガも疲れてきたのか、明らかにスピードが落ちてきた。

ここだっ！

かなりスピードも落ち、避けるのも容易になってきたパンチをかわし、後ろに回り込む。

オーガはまだ此方を向いていない。

「つつだぁ！」

僕は無防備な首筋に向かって、思い切り剣を振った。

「グガッ……」

短い断末魔を残し、オーガは消えていく。

その場には魔石だけが残っていた。

「ハァ、ハァ……何とか倒せた」

僕は魔石を袋に入れ、ギルドに戻ることにした。

ゴブリン以外の魔物を一人で倒した。

なんかもの凄い達成感がある。

たいしたことじゃないんだけど、かなり嬉しかった。

帰り道、夕日がやけに綺麗に見えた。

＊

「魔石の買い取りお願いします」

朝と同じ受付のお姉さんに、オーガとゴブリンの魔石を手渡す。

「お疲れ様です。少々お待ちくださいね」

魔石を受け取ると、お姉さんは奥に行ってしまった。

オーガの魔石か確認しているんだろう。

「お待たせしました。これが今回の報奨金と、魔石の代金です」

た。


「少し多くないですか？」

ゴブリンの魔石が数個混じってるとはいえ、それでも元々貰えるはずの金額より少し多かった。

「はい。今回ラゼルさんが討伐したのは、ハイオーガといって、オーガの上位種なんです。普通より大きくなかったですか？」

ハイオーガ？　オーガにも複数の種が存在するのか。

確かに少し大きいなとは思ったけど、僕は普通のオーガを見たことがなかったので、こんなもんかと思ってた。

「なるほど……ちなみになんですが、推奨ランクは？」

「ハイオーガはBランクですね。流石はAランク冒険者です」

余裕はなかったけど、一人でBランクの魔物を倒せたってことか。

嬉しい誤算だ。

僕は上機嫌で家に戻ろうとして、気付いた。

外はすっかり暗くなっている。

ここまで遅くなるつもりはなかったんだけど。

姉さん達、絶対心配してるよね…………

＊

「た、ただいまぁ……」

急いで家に帰った僕は、恐る恐る家のドアを開けた。

姉さん達、怒ってるかな………

「ラゼル……心配したんですよ？　一人で魔物の討伐に行くなんて……何かあったらどうするんですか……もう！」

部屋に入ってすぐ、リファネル姉さんが僕の前に凄い速さで駆け寄ってきた。

僕の体をペタペタと触り、怪我がないかを念入りに調べてる。

過保護過ぎるよ……

あれ？　でもなんで魔物の討伐に行ったことを知ってるんだろ？

もしかしてギルドに行ったのかな。

「ごめんね、リファネル姉さん。だけど怪我はしてないから大丈夫だよ」

僕がそう言うと、リファネル姉さんはペタペタと触るのを止め、僕の目をジッと見つめる。

実の姉とはいえ、こんなに間近で見つめられると何だか緊張する。

「ラゼル、お姉ちゃんは少し怒ってます。どれだけ心配したと思ってるんですか？　もしラゼルに何かあったらと思うと………そう考えるだけでお姉ちゃんは、気が狂いそうになるんです」

姉さんの目が潤んでる。

あと少しで、目尻に溜まった涙が落ちてしまいそうだ。

「本当にごめんね。だからそんな泣きそうな顔しないでよ。もう勝手にいなくなったりしないからさ」

「……約束しましたよ？」

本気で心配してくれる姉さんに対して、嘘をついた罪悪感が込み上げてくる。

確かに過保護過ぎるけれど、いつも僕のことを思っての行動だもんね。

「うん。約束するよ」

「あらあら～？　随分となが～いジョギングだったわね、ラゼル？」

リファネル姉さんをなんとか宥めることに成功したと思ったら、次はレイフェルト姉か
…………

「い、いや～…………つい熱が入って、走り過ぎちゃったよ。……とか言ってみたり」

チラリとレイフェルト姉を見ながらとぼけてみる。

「ラ・ゼ・ル？」

「嘘です。ごめんなさい……」

何とか冗談で済まないかなぁと軽くふざけてみたけど、レイフェルト姉も怒ってるみたいだ。

「まったく……私も心配したんだから。次からは、せめて私は連れて行くのよ？」

「うん。反省してるよ」

今回は僕が悪かった。

次からは、ちゃんと言ってから出掛けないと。

でもそれだと、絶対ついてくるんだよね…………どうしたもんか。

「私はまったく心配してませんでしたよ。お兄様を信じてますから」

最後はルシアナだ。

けど、僕の想像してた展開と違った。

ルシアナのことだから「お兄様ぁ！」とか言って、リファネル姉さんよりも早く僕のところに来ると思ったんだけど。

「何いってんのよ、貴女だって心配しながら見てたじゃないの」

ん？　見てた？　どういうこと？

「レイフェルト姉、見てたって？」

「ふふふ、ルシアナの肩を見てみなさい」

肩？　別にいつも通りだけ――いや、何だあれ？

ルシアナの肩に、真っ赤な小さい妖精？　みたいなのが乗ってるんだけど……

「ど、どうしたの、その生き物!?　…………魔物？」

「違いますわお兄様。これは私の使い魔です。『ピクシィ』と言って、大変便利な使い魔ですの。もう一体の青色のピクシィが見た景色を、こっちの赤いピクシィが映し出してくれるんです。このように」

ルシアナが赤いピクシィをちょんちょんとつつくと、ピクシィの目が光り、その光りがルシアナの持ってる水晶に当たった。

すると、何だか見たことある景色が映し出された。

これ、家の前の道だ……凄い。

距離のある同盟国など他国とのやり取りは、使い魔を通して行うことが多いって聞いたことがある。

だからどんな国にも最低数人は、連絡用の使い魔を使役する魔術師がいるとも。

でもこのタイプの使い魔を目にするのは初めてだ。僕が見たことのある使い魔はだいたい犬や鳥などの姿かたちをしていた。

「こういう使い魔もいるんだ……。初めて見たよ」

「ええ。使い魔を使役するのはそう難しいことではありませんが、魔術師の数自体が少ないので、見たことないタイプの使い魔がいても仕方ないですわ」

えっと、じゃあ僕は今までずっと見られてたってことか……何だか恥ずかしくなってきた。

僕、変な行動してないよね……？

「リファネルとルシアナったら二人して、水晶をずっと落ち着かなそうに見てたのよ？」

「それは貴女も同じでしょう、レイフェルト！　声が届くわけでもないのに、『ラゼルゥ』とか叫んでたではありませんか」

「だって心配だったんだもの。仕方ないじゃない」

「まぁ、それには同意ですが」

僕の知らないところで、そんなことが起こってたのか…………

「まったく、お姉様達ったら。危なくなったら、待機させてる別の使い魔で、オーガを消し炭に変えると言いましたのに。心配性ですわね」

僕の周りにそんな強力な使い魔がいたなんて…………全然気付かなかったよ。

まぁ、これで一件落着かな？　皆も落ち着いたっぽいし。

次から嘘は駄目だね。

「じゃ、僕はお風呂行ってくるから」

オーガとの戦いで、全身泥だらけだよ。

早くスッキリしたい。

「そう言うと思って、お風呂の準備はできてますわ。さ、どうぞどうぞ」

「ありがとうルシアナ。でも一つ聞いていいかな？」

「どうしました？」

キョトンとした顔で小首を傾げる。

いや、可愛いんだけどさ……

「なんでルシアナまで服を脱ごうとしてるのさ……」

「フフフ。昔のように、兄妹仲良く流しッコでもしようかと思いまして――」

「――一人で洗えるから大丈夫だよ」

僕はルシアナをドアの向こうに押し出し、一人でお風呂に向かった。

どうやったらルシアナに、羞恥心というものが芽生えるのだろうか…………

＊

「あぁ～、サッパリし…………た……」

お風呂で汗と汚れを落として、スッキリした気持ちで部屋のドアを開けたんだけど、そこにはとんでもない光景が広がっていた。

「どう？　似合ってるかしら？」

「…………なんで皆、下着姿なのさ？」

そう、何故か部屋に入ると、全員もれなく下着姿だった。

僕がお風呂に入ってる間に、何があったんだ……？

「あら？　昨日言ったじゃない。新しく買った下着のお披露目会をするって。で？　私のこの姿を見て、何か言うことはないのかしら？」

レイフェルト姉が両手を後頭部に当て、その豊満な胸を前に出すように強調しながら、艶《なま》めかしい口調で聞いてくる。

上下黒色の、レイフェルト姉らしい色っぽい下着だ。

下着姿を見るのは初めてじゃないけど、こうしてまじまじと見るのは初かもしれない。

家族である姉さん達の下着姿を見て、僕はなんて言えばいいんだろうか…………

いや、どういう意図があるかはわからないけど、姉さん達は僕に下着が似合ってるか聞いてきてるので、どういった言葉を望んでるかはわかる。

わかるんだけど…………十六歳にもなって、姉や妹の下着姿を評価するのはどうなんだろうか…………

でも今日は皆に心配をかけてしまったし、嘘までついてしまった。

この罪悪感を拭うためにも、今日だけは心を無にして、姉さん達を褒め倒してあげようかな……………恥ずかしいけど。

「…………ってるよ……」

「え？　な～に？　声が小さくて聞こえなかったわぁ」

悪戯な笑みを浮かべながら、僕の言葉を待つレイフェルト姉。

「似合ってるよ。レイフェルト姉の大人っぽい雰囲気と、白い綺麗な肌に、黒色の下着が凄い合ってるよ」

もうヤケクソだ。

こうなったら皆まとめて、褒め倒し作戦だ。

褒めて褒めて褒めて、早く服を着てもらおう。

「フフフ、顔を真っ赤にしちゃって、可愛いわね。お姉さん、ラゼルの照れて困ってる顔を見ると、キュンキュンしちゃうの」

「ちょっと待って、その格好で近づかな――」

ムニュウっとした、柔らかな感触の胸に、僕の頭は抱き締められていた。

生地が薄いのか、いつもよりも柔らかく温かい…………………って、そんなことを考えてる場合じゃない、早く何とかしないと。

「アンッッ！　そんなところ触っちゃ駄目よぉ」

「ごっごめん、わざとじゃないんだ………」

抜けだそうと必死にもがいていたら、いつの間にか両手が柔らかいナニカをムニュっと掴んでいた。

な、なんだこれ……柔らか過ぎて手が飲み込まれていくんだけど……

「やっぱりラゼルも男の子なのね。でも大丈夫よ、今はいきなりでビックリしちゃったけど、ラゼルならいくらでも触っていいわよ」

何も大丈夫じゃないんだけど…………

「レイフェルト、あまりラゼルをからかわないでください。次は私達が見てもらうんですから」

「からかってないわよ。私は本当にそう思ってるもの。まぁいいわ、存分に見てもらうといいわ。私の後じゃ、印象に残らないでしょうけどね」

「ふ、笑わせないでください。私はラゼルのお姉ちゃんなんです。貴女に負けるわけありません。さぁ、どうですかラゼル、お姉ちゃんを見てください」

リファネル姉さんが両手を広げて、スタイルのいい体を惜しげもなく晒している。

レイフェルト姉とは対照的で、リファネル姉さんの下着は上下白だ。

下着姿は少し恥ずかしいのか、若干顔が赤い。

だったら脱がなきゃいいのになぁ…………

それに、いつの間に勝負になったんだろ？

「うん。レイフェルト姉は妖艶な感じがしたけど、姉さんはなんていうか、清楚な感じがして凄い似合ってるよ」

レイフェルト姉に勝るとも劣らないその大きな胸は、少し刺激的だけどね…………

「まぁ清楚だなんて、照れます」

姉さんの顔が更に赤くなった気がした。

喜んでもらえたなら良かった…………

さて、残るは…………

「次は私ですわ」

「ルシアナ…………」

やっぱり一番の問題はルシアナだったか…………

「似合う似合わないの前にさ、下着を着けようね」

おかしいな、さっきまで着けてたように見えたんだけど…………

ルシアナが両手を腰に当てながら、僕の前に立っている。

自らの裸体を見せつけるかのように。

「下着なんて必要ないですわ。で、どうなんですお兄様？　私の身体は」

どうって言われてもね…………

けどさっきから、姉さん達の破壊力抜群の体を見てたせいか、ルシアナの子供体型を見ると落ち着くなぁ。

「うん、いいと思うよ。だけど、外に出るときは下着を着けようね」

僕はルシアナに近付き、頭を撫でる。

「は～い、わかりましたわ」

気持ち良さそうな顔のルシアナ。

よし、これで大丈夫だ。

何とか乗り切った。

「じゃあお披露目会も終わりってことで、そろそろ服を着てよ。風邪引いたら大変だしさ」

姉さん達が風邪を引くとは思えないが、とにかく服を着てほしい。

「駄目よ、今日はこのまま寝るんだから。風邪を引かないように、ラゼルが温めてね」

耳元でレイフェルト姉が囁いてきた。

熱い吐息が耳に当たり、ゾワリと全身の毛が逆立つのを感じる。

「いやいや、いくら姉弟っていってもさ、その格好で一緒に寝るのはどうかと思うんだ……」

朝になると、いつの間にか下着姿になってることもあるけど、最初から下着の状態で寝るのとは話が違ってくる。

「私達に嘘をついて心配をかけたんだから、それぐらい大丈夫よね？」

「お姉ちゃんはもの凄く心配しました……」

「私もですわ」

はぁ…………。

深くため息をつく。

僕は知ってるんだ…………これは諦めるしかないパターンだって。

＊

ん～…………

「あら、起こしちゃったかしら？」

朝、頬をプニプニとつつかれた感触で目を覚ます。

「そりゃ、こんだけ頬っぺたをつつかれたらね」

「フフ、ラゼルの寝顔が可愛くて、触りすぎちゃったわ」

レイフェルト姉の方を見ると、既に服を着ていた。

良かった。

朝起きて下着姿のレイフェルト姉がいると、わかっててもビックリするんだよね。

これぱっかりは未だに慣れない。

リファネル姉さんとルシアナの方を見ると、まだ熟睡中だった。

当然、下着姿のままで。

いや、ルシアナは全裸か。

昨日布団を巻き付けといたんだけど、暑かったかな……

「レイフェルト姉、今日は何か予定ある？」

「特にないわよ。なになに？　デートのお誘いかしら？」

ふふふ、僕は昨日寝ながら考えたんだ。

どうやって一人で、魔物の討伐依頼を受けるかについて。

そもそも、姉さん達が僕に過保護なのは、僕が弱くて心配だからだ。

だけど、昨日の戦いで僕にも少し自信がついた。

圧倒できたわけじゃないけど、Bランクの魔物を一対一で倒すことができた。

姉さん達やラルク王国の人々が異常なだけで、普通の国だったら僕も、強者とはいかないまでも弱すぎるということはないと思うんだ。

だからこれからは少しずつでもいいから、姉さん達の前で魔物を倒して、僕一人でも大丈夫ってところを見せればいいんだ。

そうすれば、あそこまで過保護にならないかもしれない。

「そんなわけないでしょ？　今日は皆で魔物討伐の依頼でも受けない？」

「ん〜、別にいいけど、お金なら沢山あるし、無理して依頼を受けることもないんじゃないかしら？」

「それはそうだけど、家にいても特にすることもないし、体を動かしたいんだ。本当は一人で行きたいんだけど……駄目でしょ？」

「駄目に決まってるでしょ？　次、勝手にいなくなったら、もう知らないんだから」

頬をプクっと膨らませ、僕をジトッと見てくる。

昨日の今日だし、仕方ないよね……。

「わかってるよ、もう嘘もつかないし、いなくなったりもしないよ。だから一緒に行こうって言ってるんだよ」

「わかったわ。じゃあ今日は、皆で魔物討伐ね」

「決まりだね。姉さんとルシアナが起きたらギルドに行こう。お昼前には起きるでしょ」

よし。少しずつ、確実に信頼を勝ち取っていこう。

先に準備しようと、顔を洗いに行こうとした時だった。

トントンと、家のドアをノックする音が鳴った。

こんな早くに誰だろう？

「朝早くにすみません、ラゼル様。急ぎの用がありまして」

ノックの主はラナだった。

「おはようラナ。お姉さんとは上手くいった？」

この前はラナとハナさんを残して帰って来ちゃったから、あの後どうなったのか気になってたんだよね。

「はい、お陰様で。本当にありがとうございました」

よかった、仲直りできたんだ。ラナのほころんだ顔を見るに嘘ってことはないだろうし、本当によかった。

「僕は何もしてないよ。で、急ぎの用ってどうしたの？」

わざわざこんな朝早くに家に来るくらいだ、何かあったのかも。

「はい、皆さんにお話ししたいんですけど、お揃いですか？」

「リファネル姉さんとルシアナは、まだ寝てるんだよね。でもそろそろ起こすところだったから大丈夫。立ち話もなんだし、部屋に入ってよ」

「わかりました、お邪魔します」

ラナを連れて、再び部屋に戻る。

「キャッ！」

ラナが顔を赤くして、僕を見る。

しまった………リファネル姉さんとルシアナの格好を忘れてた。

こんな状態でベッドに寝てたら、あらぬ誤解を受けるかもしれない。

なんとかしないと…………

「一応言っとくけど、一緒のベッドで寝てるわけじゃないからね。それと姉さん達は寝相が悪くて、寝てる間に服を脱いじゃう癖があるんだ」

「そ、そうだったんですか。まぁ姉弟ですものね、この歳で一緒に寝たりしませんよね」

「アハハ……当たり前じゃないか」

ふぅ、何とかごまかせた。

この歳で、姉さん達と一緒に寝てるとか、他人には知られたくない。

「あらぁ？　何で嘘つくのかしら、ラゼル。昨日も皆で一緒に寝たじゃない。忘れちゃったのかしらぁ？」

ああっ、もう！　何で余計なこと言うかな、レイフェルト姉は…………

ニマニマと楽しそうに笑ってるし…………

せっかくごまかせそうだったのに。

「え、えぇぇ!?」

また顔を赤く染めるラナ。

「違う、違うから！」

「何も違わないわよ、毎日一緒に寝てるもの」

「ちょっとレイフェルト姉は黙ってて！」

姉さん達が勝手にベッドに潜り込んでくるということを、必死にラナに説明した後で二人を起こして、皆でラナの話を聞くことに。

*

「今日は用というよりは、皆さんにお願いがあってきたんです」

「お願いですか？」

リファネル姉さんが、目を擦りながら聞く。

まだ眠そうだ。

「はい。実は昨晩、隣国の『ゼル王国』から、使い魔を通して応援要請があったんです。数日後に、大量の魔物がゼル王国へと押し寄せてくるので、手を貸して欲しいと」

「魔物の討伐なんて、自分の国の冒険者にでもやらせればいいですわ」

ルシアナがきっぱり断る。

「そうねぇ、ゼル王国っていったら、ここよりもだいぶ大きな国じゃない。自分達だけで、どうとでもなりそうだけど」

レイフェルト姉も、あまり乗り気じゃない。

「普通だったらそうなのですが、魔物の数は二千を超えるそうなんです」

二千！！？

それはかなり大変そうだ。

「いくら二千と言っても、雑魚ならば問題なさそうですが、そこら辺はどうなんですか？」

確かに。リファネル姉さんの言うとおり、全部がゴブリンのような魔物ならば問題なさそうだけど。

「殆んどの魔物がCランク以上で、Aランクの魔物もかなりの数いるようです。そして、これが一番の問題なんですが、白いドラゴンが確認されています」

白いドラゴンと言われて、最初の頃に戦った白いゴブリンを思い出した。

普通のゴブリンならば、僕でも余裕で倒せた。

けれど、白いゴブリンを見た瞬間、僕は死を覚悟した。

結局はレイフェルト姉が瞬殺したんだけど、問題はそこじゃない。

白い魔物は特殊個体で、普通よりも並外れた強さを持っている。

Dランク指定のゴブリンですら、白い特殊個体はとんでもない強さだった。

レイフェルト姉がいなかったら、僕は確実に死んでいただろう。

もしも本当に、元々Sランク指定のドラゴンの特殊個体、白いドラゴンがいるのだとしたら
……………想像するのも恐ろしい。

「シルベスト王国はこの前の魔族襲撃の際に、騎士団の方々がかなりの数負傷してまして……………そちらに割く余裕がないのです。シルベストは小国ですから。それに生半可な実力者が行っても、役に立つかどうか……」

「じゃあ、ラナのお願いっていうのは…………」

「できれば、ラゼル様達のパーティに応援に加わってもらえないかと。勝手なことを言ってるのはわかってます。ですが、ゼル王国とシルベスト王国は同盟関係にありまして、何もしないわけにはいかないのです。それに、最悪ゼル王国が堕ちた場合、そのままの勢いで魔物の群れがこのシルベスト王国に来る可能性があります」

「ならいい考えがあるわ。勇者パーティに任せればいいんじゃないかしら？」

レイフェルト姉が名案とばかりに、手を叩いて言った。

そうだ、この国には勇者パーティがいるじゃないか。

ゼル王国の人達も、勇者が来てくれれば安心できるんじゃないか？

「それが一番良かったんですが、タイミングの悪いことに、昨晩ファルメイア様が魔族の反応を察知しまして。今朝早くに、シルベスト王国を発ちました」

同時期に魔族か…………なんて間の悪さだ。

ラナが困ったような、すがるような顔で僕達を見てくる。

僕としては何とかしてあげたいけど…………白いドラゴンか。

正直恐い。

あの白いゴブリンの恐怖が、未だに拭いきれない。

「どうしようか、姉さん…………」

「どうするもなにも、わざわざそんな危ないところへ行く必要はありません。ですが、もしもラゼルが行くと言うのなら、当然お姉ちゃんもついて行きます。白い蜥蜴など、恐れる必要もありませんし」

そうか。あまりにあっさり倒したから忘れてたけど、リファネル姉さんはSランクのドラゴンを一撃で斬り捨てたんだった。

それに、ルシアナもレイフェルト姉もいる。

あまり心配しすぎることもないのかな？

今までも、この三人が負けそうなところなんて見たことないし。

ラナのお願いだから、できる限り聞いてあげたいっていうのもある。

「僕はラナを助けてあげたいんだけど、皆はどうかな？　駄目？」

「ん～ラゼルがどうしてもって言うんなら、私は別にいいわよ」

「私はお兄様についていきますわ」

「もちろん私もです」

きっと、このレベルの戦いになると、僕はあまり役に立たない。

それどころか、姉さん達に守ってもらうことになるかもしれない。

でもラナはもう他人じゃない、友達だ。

困ってるのなら助けてあげたい。

「じゃあラナ、そういうことだから」

「えっ？」

「行くよ、ゼル王国に」

第二章

出発は明朝。

王国の手配した馬車が、家まで迎えにくることになった。

詳しく聞くと、魔物がゼル王国に辿り着くまでには、約十日ほどと予想されているらしい。

あくまで予想なので、早まる可能性もあるが。

ここからゼル王国までは、馬車で五日はかかるので少し急ぎ気味だ。

僕達が首を縦に振った瞬間、ラナは気が抜けたのか、その場で膝をついてヘタりこんでしまった。

よっぽど切羽詰まった状況だったのかも。

今は一度王城へと戻って行った。

「も～、まだ家を手に入れてから、数日しか経ってないのに」

「まぁまぁ、ラナを助けると思ってさ。それに国からお金も出るって言ってたし、頑張ろうよ」

さっそく愚痴をこぼすレイフェルト姉を宥める。

Aランクの魔物は厳しいだろうけど、今回はBランクやCランクの魔物もいるって言ってたし、ちょうどいい。

僕が一人でもやれるところを見せる、いい機会が巡ってきた。

「ま、ラゼルがやる気みたいだし、お姉さんはラゼルが危なくならないように頑張るわ」

「ラゼルの近くには魔物を近づけさせないので、安心してください」

「お姉様方はともかく、私がいるのです。何千体いようが、一撃で殲滅してみせますわ」

皆の中では、僕が戦うって選択肢はないんだろうな………

「そのことなんだけどさ、今回は僕も戦いたいんだ。ほら、いつも姉さん達が倒しちゃうから、たまには僕も実践経験を積まないと。いざって時に感覚が鈍っちゃうから」

使い魔を通して僕の戦いを見てたんなら、Cランクの魔物くらいなら戦わせてくれるよね。

「ふぅ。ラゼルにも困ったものですね。わかりました、スライムに限定して戦うことを許可します」

スライムは害のない魔物の代表で、そこら辺の子供でも倒せる。

リファネル姉さんは駄目そうだ…………

「……レイフェルト姉」

僕はレイフェルト姉に助けを求めた。

初めての依頼の時、ゴブリンと戦わせてくれたし、リファネル姉さんほど厳しくない筈だ。

「別にいいじゃない、リファネル。危なくなったら私達がいるんだし。それにラゼルはAランクの魔物だって、頑張れば倒せるくらいの実力はあると思うわ」

うん、それは無理。

信じてくれるのは嬉しいけど、Ａランクだった白いゴブリンを倒せる気がしない。

今のところはＢランクの魔物を余裕で倒せるようになるのが、当面の目標だ。

「……わかりました。ですが、危なくなりそうだったらすぐに私が斬りますからね」

渋々ながらリファネル姉さんが了承してくれた。

良かった。何とか、戦うことはできそうだ。

「お兄様、そんなことよりも早くギルドに行きましょう」

「そうだね、そろそろ行こっか」

僕達は、皆でギルドに向かった。

大量のお金が入った、袋を持って。

暫く家を空けることになったとき、お金はどうしようかという話になった。

少しは持ってくにしても、今まで稼いだのを全部持ってったら邪魔にしかならない。

かといって、家に置いとくのも恐い。

そんな時に、ギルドにお金を預けられることをラナが教えてくれたのだ。

しかも冒険者カードを見せれば、違う国のギルドでも引き出せるのだとか。

だとしたら最初っから預けとけば良かったような気もするけどね。

＊

「すみません、お金を預けたいんですが」

大量のお金をギルドのカウンターに並べながら、受付のお姉さんに声をかける。

「お金のお預かりですね、少々お待ち下さい」

「あと、冒険者登録をお願いしますわ。当然、お兄様と同じくAランクで」

ルシアナが受付の机に手をつきながら、無茶な要求を求めた。

別に今日登録しなくてもいいんだけど、ルシアナが姉さん達の冒険者カードを見て、一人だけ仲間外れは嫌だと言い出したので、ついでに作ることになったのだ。

受付のお姉さんは、困った顔をしながら奥へと行ってしまった。

こんな小さな少女が、いきなりAランクからスタートさせろって言ってきたら、そうなるよね。

だけどセゴルさんなら、ルシアナの力を見抜いてAランクから始めさせてくれるかもしれない。

「おお、よく来たな。ラゼルに嬢ちゃん達。ん？　何だか一人増えてるな」

お姉さんが奥の部屋から、ギルドマスターのセゴルさんを連れて来た。

「僕の妹のルシアナです。今日は妹の冒険者登録とお金を預けに来ました」

「Ａランクからスタートしてくださいな」

やたらとＡランクにこだわるルシアナ。

「はっはっは！　いきなりＡランクからか、どれどれ――ふむ、まぁよかろう」

いいのか…………

セゴルさんは暫くルシアナを見たあとで、すんなり許可してくれた。

Ａランクって、こんな簡単になれるものなのかな？

実力的には、確実にＡランク以上だろうけどさ。

「で、急に金を預けてどうした？　どっか遠くに行くのか？」

「はい、ゼル王国に行く予定です」

「なるほどな。そういえばゼル王国から、応援要請が来てるらしいな。お前らが行くのか……まぁ今この国にお前ら以外に任せられそうな奴らはいないだろうがな」

セゴルさんはゼル王国のことを知っていた。

流石ギルドマスターだ、情報が早い。

「気をつけろよ。魔物が数千単位で動くなんて、聞いたこともないからな。きっと何かある筈だ。と言っても、お前らに限って心配なぞ不要か」

僕達のパーティがドラゴンを倒した功績を買ってくれてるんだろう。

セゴルさんは、特に心配した様子もなく笑顔で見送ってくれた。

「ありがとうございます。早く帰れるように頑張ります」

その後、ギルドで用事を済ませ、帰りにポーション等の道具を買い込んで、家に帰った。

ルシアナは、お揃いの冒険者カードが手に入って上機嫌そうだ。

さて、準備は整った。

あとは、明日を待つだけだ。

二千の魔物とか想像もできないけど、ゼル王国にも結構人が集まるっぽいし、大丈夫だと思いたい。

そして、二千の魔物以上に警戒しないといけないのが白いドラゴンだ。

いったいどれ程の強さかはわからないけど、弱い筈はない。

今回ばかりは、流石の姉さん達も苦戦するかもしれないなぁ…………

*

色々考えてたらいつの間にか寝てしまったらしく、目を覚ますと朝になっていた。

当然、僕の周りには姉さん達が寝てる。

ルシアナに至っては、僕の上で寝てるし…………

「ほら、みんな起きて。そろそろラナが迎えにくるから」

各自用意を終え、外で馬車を待つことに。

「すみません、お待たせしました。お乗り下さい」

大きめの馬車が到着して、中からラナが出てきた。

シルベスト王国を代表して、ラナも一緒にくるとのことだ。

僕達はゼル王国に向けて出発した。

＊

シルベスト王国を発ってから、五日が過ぎた。

盗賊や魔物に襲われるといったこともなく、間もなくゼル王国へと着く予定だ。

道中、セゴルさんの言ってたことが気になったので、ラナに聞いてみた。

二千もの魔物が、まるで明確な目的を持ってるかのように、群れとなって行動することなんてあるのかと。

僕も魔物の生態に詳しいわけではないけれど、そんな話は聞いたこともなかった。

ラナが言うには、今までの歴史上こんな例は初めてだとか。

なのでゼル王国へは、『炎殺の業』というSランク冒険者が率いるパーティも来るという。

「Sランク冒険者を見るのは初めてだね。どんな人なのかな？」

世界に九人しかいないと言われてる、Sランク冒険者。

シルベスト王国にはいなかったので、見るのは初めてだ。

いったいどれ程の強さなんだろうか。

「そのことでお願いがあります。今回ゼル王国へ応援に来ている『炎殺の業』のリーダーで、Sランク冒険者の『クラーガ』という方なのですが…………何か言われても相手にしないで受け流して欲しいのです」

「わかったよラナ。でも他にも大勢応援が来てるんでしょ？　僕達なんか相手にされないんじゃないかな」

Sランク冒険者が、まだパーティ名すら決めてない僕達みたいなのに、絡んでくるとは思えない。

「彼の二つ名は『ドラゴン殺し』なんです。何か理由があるのかはわかりませんが、ひたすらにドラゴン討伐の依頼ばかり受けています。ラゼル様達のパーティがドラゴンを討伐したことは、既にゼル王国に広まってます。そのことで絡んでくる可能性があるかと思いまして」

ドラゴンばかり倒してるなんて。

やっぱりSランク冒険者っていうのは、かなりの実力者なんだ。

てか、もうそんな情報が出回ってるのか。

まだ姉さんがドラゴンを斬ってから、そんなに経ってないのに。

「気をつけるよ。姉さん達もお願いね。多少のことは流してよ」

Sランク冒険者と姉さん達の争いなんて、想像するだけでも恐ろしいよ…………

「それは相手の出方次第ですね。もしラゼルに何か仕掛けてきたら、迷うことなく斬り捨てます」

心配だなぁ…………リファネル姉さんはドラゴンを斬った張本人だし、一番絡まれる可能性が高いかもしれない。

「まぁ、一応国の危機なんだから、流石に冒険者同士で揉めてる暇なんてないんじゃないかしら？」

レイフェルト姉の言う通りだよね。

そのクラーガって人が常識ある人ならば、こんな状況で揉め事は起こさないだろう。

今はみんなが協力するべき時なんだから。

「ご安心ください。お兄様には指一本触れさせませんわ」

僕の膝の上で、頼もしいことを言うルシアナ。

馬車に乗ってる間は、ずっと僕の膝の上に座ってる。

軽いから全然大丈夫なんだけど、ラナの視線がちょいちょい刺さって辛い。

「そろそろゼル王国が見えて来ました」

僕達は無事、目的地へと到着した。

入り口の門では、結構な列ができていた。

かなりの人がいるが、どの人も剣や鎧を装備していて、一目で冒険者だとわかるような格好をしている。

他の国の冒険者達も、応援に来ているのだろう。

入国する際には、皆衛兵に何かを見せてる。

恐らく冒険者カードだろうか。

僕もポッケから冒険者カードを出しておくことにする。

「こんにちは。シルベスト王国から参りました。ラナ・シルベストです」

ラナが窓から顔を出し、衛兵に挨拶する。

「どうぞ、お入り下さい」

小国とはいえ流石王族、顔パスだ。

冒険者カードは必要なかったかな。

「凄い賑やかだね」

魔物が迫ってきてるという状況だから、少し物々しい雰囲気になってるんじゃないかと思ったけど、全然そんなことはなかった。

「きっと混乱を避けるため、一般の方には伏せているのでしょう。それでも知ってる人は知ってると思いますが」

それもそうか。

急に二千の魔物がこの国に向かってるなんていったら、パニックになるよね。

でもこれだけ冒険者がいたら、皆不思議に思うんじゃないかな。

周りを見渡すと、一般の人に混じってかなりの数、冒険者がいる。

「私はこの国の王族の方々に挨拶があるので、皆さんはここでお待ち下さい。なるべく早く戻るので」

そう言うと、馬車は大きな建物の前で止まった。

「ここは？」

「今回応援に来てくれた、冒険者の方々が集まってます。今夜、ここで作戦会議を開くようです」

「ラナは一人で大丈夫？」

「はい。私は何度もこの国に来てますから。では、いってきます」

ラナは国王がいるという王城へと向かっていった。

＊

「うわぁ……凄い数だね」

建物の中に入ると、大勢の冒険者がいた。

二百人はいるんじゃないかな。

それにかなり酒臭い。

みんな数日後には魔物と戦うっていうのに、緊張感なんて一切なさそうに見える。

「あそこのテーブルが空いてるね」

僕達は空いてる席を見つけたので、そこに向かった。

その時。

「——うわっ!!」

僕の足元に短剣が刺さった。

なんだ？　一体誰が…………

「おいおい、ここは女子供の来るところじゃねーんだよ！　さっさとお家に帰んな」

床に深々と刺さった短剣から視線を離し、顔を上げると、剣呑な雰囲気を纏った大男が、椅子に座ったまま僕達を見下ろしていた。

そう、椅子に座ってるにもかかわらず、僕達を見下ろすくらいの大きな男なのだ。

周囲からは笑い声が漏れている。

恐らく彼の仲間なんだろうけど。

これは不味いかも…………

僕は恐る恐る姉さんを見た。

「成程、貴方の用件はわかりました。——どうやら斬り殺されたいようですね」

リファネル姉さんが腰の剣に手をかけ、大男を睨み付ける。

「グハハハッ、なんだなんだ？　やろうってのか、嬢ちゃん!?」

「何か、死ぬ前に言い残すことはありますか？」

ゆっくりと剣を引き抜く姉さん。斬れ味の鋭そうな刀身がぎらついた。

姉さんが剣を抜いても、大男は椅子から立ち上がる素振りすらみせない。

完全にリファネル姉さんのことを、格下と認識してるような態度だ。

うーん……ラナにクラーガって人と揉めるなって言われてるんだよね。

この人がそのSランク冒険者の人かはわからないけれど、これから一緒に戦おうって時に争うのはよくないよね。

「リファネル姉さん、実際に剣が当たったわけじゃないしさ、落ち着いて。この人もきっと当てる気はなかったよ」

姉さんの腕を握り、何とか思い止まらないかと声をかける。

「いいえ、ラゼル。当たった当たってないの話ではないのです。一番の問題は、脅しだろうとなんだろうと、ラゼルの足元に短剣を投げたことが問題なのです。この野蛮な男は許せません」

駄目か…………リファネル姉さんは止まる気配がない。

「レイフェルト姉、姉さんを止めてよ」

何とかして争いを回避すべく、僕はレイフェルト姉とルシアナのほうを見る。

「駄目よラゼル。今回はあいつが悪いわ。少しくらい痛い思いをするといいわ」

少しで済めばいいんだけど、姉さんは斬り殺すって言ってるから心配なんだよ…………

いくら姉さんでも、流石に殺すまではしないと思うけど。

この国とシルベスト王国は同盟関係にあるって言ってたし、その応援で来た僕達が問題を起こしたら、ラナの顔に泥を塗ることになる。

先に仕掛けてきたのはあっちだとしても、ここは我慢したほうがいいと思う。

「何だお前ら、姉弟で冒険者やってるのか？」

僕が二人のことを「姉」と呼んでるのを聞いて、大男が馬鹿にしたような口調で聞いてくる。

「はい。皆、家族です」

姉さんが答えるより先に、僕が答えた。

これ以上、事を荒立てないように。

「グハハハハハッ！　皆家族か、こりゃ愉快だ。そんなちっこいガキまで連れてよぉ！　これから魔物の大群と戦うんだ、お前らみてぇのがでる幕はねぇよ。第一お前ら、ランクはいくつだ？　どうせDランクだろぉがなっ！」

少しイラッとした。

冒険者を家族でやってるからって、馬鹿にされる謂れはない。

「お兄様、なんなら私があの男を黙らせましょうか？」

ガキと言われて機嫌を悪くしたのか、ルシアナも殺気立っている。

僕は頭を撫でて、ルシアナを落ち着かせる。

「ランクはAです。なったのは最近ですが」

そして、男の質問にも答えておく。

僕が喋ってる間は、姉さんも何とか足を止めてくれてる。

「――プッ……グハハハハハハッ!!　おい、聞いたかお前ら？　Aランクだってよ！　嘘をつくにしても、もう少し上手くつけよな」

一瞬、水を打ったような静けさの後で。

その場が笑いに包まれた。

大男とその仲間達が、大口を開けて笑っている。

そんなにおかしいことを言ったつもりはないんだけど……

僕達がＡランクに見えないにしても、いきなり笑うのは酷いんじゃないか？

「これ……一応冒険者カードです」

僕は、証拠として冒険者カードを見せた。

これは各国のギルドマスターの魔力にしか反応しない、特殊な素材でできたカードだ。

偽造はできないと聞いている。

「…………あ？　おかしいな、冒険者カードは偽造はできねぇ筈だが。お前が俺と同じＡランクだと？」

どうやらこの人もＡランクのようだ。

ってことは、クラーがって人じゃないのか。

僕のカードを見て、明らかに男の態度が変わった。

周りの仲間からも、小馬鹿にしたような雰囲気が薄らいだ。

「はい。僕達全員、Ａランクです」

これでこの場が収まるといいんだけど。

「……なるほどな、さてはお前ら貴族か？　金にものを言わせて、無理矢理カードを作りやがったな？」

　これでも信じてもらえないか…………

　だいたい、僕達が貴族だとしたら、こんな魔物の大群が押し寄せてこようとしてるところに、態々こないだろうに。

　それに、僕はおまけのAランクだけど、姉さん達は本物だ。

「こちらからしてみたら、あなたのような図体だけの男がAランクだということに、驚きを隠せませんがね」

「ほぉ、言うじゃねーか嬢ちゃん」

「家に帰れと言ってましたが、あなたこそ帰ったほうがいいのでは？　その程度の実力では魔物に苛められてしまいますよ」

　リファネル姉さんが今まで言われた仕返しにと、大男を小馬鹿にしたように笑う。

「…………じゃあ実力があるかどうか、確かめてくれよ」

　男がゆらりと椅子から立ち上がった。

　やっぱりデカイ。

　僕の四倍くらいあるんじゃないか？

「フフ、いいでしょう。細切れにしてあげます」

「……後悔するなよ」

　男は背中からサーベルを抜いて構える。

この人の体格に合う刀だ、当然サーベルも馬鹿みたいな大きさだ。

こんなのを室内で振り回したら、建物がメチャクチャになりそうだけど………

僕はもう姉さんを止めるのを諦めた。

こうなってしまったら、二人とも止まらないだろう。

「まずはこの一撃を受け止めてみせろ!!」

大男が放ったのは、左薙ぎの一閃だった。

椅子やテーブルを吹き飛ばしながら、刀身がリファネル姉さんへと迫る。

それと同時に、入り口から一つの影が、とんでもない速さで入ってきた。

その人影は、姉さんと男の間に入ると、腰の剣を床に突き刺し、男の一閃をなんなく止めた。

剣と剣が交わった瞬間、その風圧で周囲の物が吹き飛んだ。

それほどの威力だったんだろうけど、それをいとも簡単に止めた、人影の正体が気になる。

「ぐっ、がぁぁぁッッ」

その人影は大男の一撃を止めた後で、自らの剣の柄頭に両手を置き、それを軸にして強烈な蹴りを繰り出した。

大男は建物の壁をぶち破り、外へと弾き出された。

何者なんだ、あの人は？

あんな簡単に大男を吹っ飛ばすなんて………普通じゃない。

「………クッ……クラーガ団長」

そして大男の仲間の一人が、ボソリと呟いた。Sランク冒険者の名前を。

＊

大男が吹き飛び、建物内にいる冒険者達がざわつく。

「おい、俺は言ったよな？　二千もの魔物が押し寄せてるんだ、皆で協力するべきだと。それなのに、どうして人間同士で争ってやがる。今はそんな場合じゃねぇだろ？『炎殺の業』のメンバーとして恥ずかしくない行動をしろよ」

同じパーティの人に対して、クラーガ団長と呼ばれた人が怒りを顕にしている。

今まで笑っていた人達が全員、クラーガさんの話を黙って聞いている。

皆同じパーティなんだとしたら、かなりの大所帯だ。

そして、このクラーガという人、男だと思うんだけど、やけに綺麗な顔立ちをしている。

背は僕と同じくらいだろうか、大男を吹っ飛ばせる程の筋肉があるようにも見えない。

髪の毛は男の人にしては長めで、肩くらいまである。

そのせいか、何だか女の人に見えなくもない。

「俺の仲間が失礼したな、パーティリーダーとして謝らせてくれ。すまなかった」

仲間の人達に怒った後で、先程から無言のままのリファネル姉さんへと、謝罪の言葉を述べるクラーガさん。

姉さんは既に、剣を鞘に納めていた。

「下の者の躾はキチンとしといて下さい。もう少しで斬るところでしたよ」

そう言いながら、リファネル姉さんは僕達のもとへと戻ってきた。

ラナがクラーガさんのことを気にしていたけど、絡んでくるような人には見えない。

「そっちの子にも迷惑をかけたな。申し訳ない」

クラーガさんは、態々僕達の方にもきて、謝ってきた。

「俺は『炎殺の業』というパーティを率いてる、クラーガという者だ。今回の戦いではよろしく頼む」

「ラゼルと言います。こちらこそよろしくお願いします」

姉さん達はまだムッとしてて、話すって感じじゃなかったから、僕が代表して答えることにする。

「ムッ、君は…………」

「え？　僕がどうかしましたか？」

どうしたんだろう、急に僕のことを熱い眼差しで見つめて、固まってしまった。

視線を反らすのも失礼かなと思い、暫く見つめあったまま、クラーガさんの言葉を待つ。

それにしても、本当に綺麗な顔をしている。

肌もきめ細かいし、まつ毛も長い。

「君、可愛い顔してるね。かなりタイプだ」

「……ひぇっ!?」

クラーガさんが急に顔を近付けてきて耳元で喋るから、声が裏返ってしまった。

それに何だか、ほんのりとイイ香りがした。

てか、ソッチ系の人なのか…………？

「――おっと！」

いきなり飛び退いたかと思うと、クラーガさんが今までいた床からは、氷で出来た剣が飛び出ていた。

「私のお兄様に、あまり近付かないでください」

敵意むき出しで、クラーガさんを睨むルシアナ。

「ルシアナ…………いきなり魔術を放ったら駄目だよ」

普通の人なら串刺しだよ…………

まぁ、そこは流石Sランク冒険者というべきか。

なんなく避けたけど…………

「君のお兄さんだったのか、すまない。余りにも俺の好みの顔をしてたもんだから」

好みって…………この人男だよね？　ラナも「彼」って言ってたし、何より一人称が「俺」だし。

困ったな、僕にそういう趣味はないんだけれど…………

「どうかな？　この戦いが終わったら、ぜひ食事でも――っと、危なっ！」

今度はリファネル姉さんの剣が振られた。

身を後ろに捩らせながらも、ギリギリで避けるクラーガさん。

姉さんも本気じゃないだろうけど、見ててヒヤヒヤするからやめて欲しい。

「ラゼルは私の、可愛い可愛い可愛い弟なんです。あまりちょっかいかけないで下さい、斬りますよ？」

「おっと、今度はお姉さんか。いいね、燃えてきた」

さっきまでは、凄いまともな人に見えてたんだけどなぁ………

「とりあえず今は話どころじゃなさそうだ。また後で、二人きりで話そう」

僕に向けてパチンとウインクをして、クラーガさんは仲間達のところに戻っていった。

どうしよう………今、少しドキッとしてしまった。

大丈夫か、僕………？

「モテモテね、ラゼル」

レイフェルト姉が、ジトッとこちらを非難するような目で見てくる。

あれ？　なんだろうこの反応。

相手は男なのに。

「……とにかく、今はラナが戻るまで大人しく待ってよう」

僕達は空いてる席に座り、ラナの帰りを待つことにする。

大男が吹き飛ばしたテーブルや椅子などは、クラーガさんに怒られた仲間の人達が、凄い速さて片付けていた。

その間も、ちょいちょいこっちを見てくるクラーガさんと目が合う。

何だか気まずい…………

同性に好意を向けられるのなんて、初めての経験だよ…………

＊

「ラゼル様。只今戻りました」

それから夜になり、ラナが戻ってきた。

「お疲れ様。もう挨拶は終わったの？」

「はい。間もなく、ゼル王国の騎士団長が参ります」

ってことは、そのまま作戦会議か。

「それよりも、何かあったのですか？」

ラナが壁に開いた穴を見て、聞いてくる。

「…………ううん、特に何もなかったよ」

なんとなく、クラーガさんとのことはラナには知られたくない。

この場は濁しておこう。

「あらら～、何もないことないでしょう、ラゼル？　Sランク冒険者から、熱烈なアプローチをされてたじゃない」

はぁ……レイフェルト姉は、いつも余計なことを言うんだから…………

「え？　大丈夫だったんですか？」

「大丈夫も何も、ラゼルったら顔を赤くしてたのよ？　酷いわよね、まったく」

「馬車では黙ってましたが…………クラーガ様は、可愛い顔をした年下の男性が好みらしく。もしかしたらと思いましたが、やはりそうなりましたか…………」

「べ、別に、赤くなんてなってないってば！」

ここは全力で否定させてもらおう。

あらぬ誤解を受けても嫌だからね。

「そうです。お兄様には私がいるんですから、あんなのに赤くなるわけないですわ」

「その通りです。あんなのより、お姉ちゃんのほうがいいに決まってます。またラゼルにちょっかいかけてきたら、どうしてくれましょうか」

むくれるルシアナに、頷くリファネル姉さん。

そもそも、相手は男だからね。

張り合うことないでしょ…………

＊

ラナが戻ってきて間もなくして、二人の男女が入ってきた。

女性の方はラナと同い年くらいだろうか、高そうな服を着ていて、どこか品がある。

貴族か王族の人かもしれない。

肩にはどこか見覚えのある生き物が、ちょこんと乗っている。

あれはこの前ルシアナが使役していた、ピクシィか。

男の人は顔に多数の古傷がある、四十代くらいの騎士だった。

なんだか近寄りがたいような、ただ者じゃない雰囲気を感じる。

顔の傷のせいもあるかもしれないけど。

この人がラナの言っていた騎士団長かな？

両手でかなり大きめの水晶を持ちながら入ってきた。

「おい、ありゃザナトスじゃねーか？」

「ああ間違いねー。すげー存在感だ」

「あれが、ゼル王国の『鉄壁』か」

他の冒険者の人達がヒソヒソ話をしている。

やっぱり有名な人なんだ。

見るからに強そうだもんね。

「皆様、今回はゼル王国の危機へ駆けつけてくれて、ありがとうございます。私はこの国の第一王女『ナタリア・ゼル』と申します。急な話で私達も混乱してますが、大量の魔物がこのゼル王国へと向かってきています。このままいくと五日後には到達する見込みです。――ザナトス」

「はい」

やっぱり王族の人だった。

しかも第一王女か。

ナタリア王女が指示を出すと、騎士の人が水晶をテーブルへと置いた。

「まずは私の使い魔が監視している、現在の魔物の様子を見て下さい」

ルシアナの時と同じように、赤いピクシィの目が光り、水晶に映像が映し出された。

「なんなんだこりゃ……オーガやオークはわかるが、フレイムモンキーにロックスネーク、しまいにゃドラゴンまでいるじゃねーか……」

「聞いてはいたが、実際目にするとヤベーな」

「こんなことがありえんのかよ……」

映しだされた映像を見て、建物内に動揺が走る。

大多数をオーガやオーク等、Bランクが占めているものの、Aランクの魔物もそこそこいる。

そしてその上空を、無数のドラゴンが飛んでいる。

映像からもヤバさが伝わってくる。

Ｓランクのドラゴンまで複数いるなんて…………

今のところ、白いドラゴンは見えないけど。

本当に何が起こってるんだろうか…………

「見ての通りです。我が国は未だかつてない程の危機に晒されています。どうか、お力をお貸し下さい」

王女様が頭を下げる。

「冗談じゃねー、悪いが俺達は降りるぜ。命の方が大事だからな、いくぞおめーら」

「ああ、これはあまりにも分が悪い。この国はもう終わりだ」

次々と冒険者達が出ていく。

誰も彼らを止めない。

あの映像を見せられた後じゃ、無理もないような気もするけど……

二百人ほどいた冒険者は、もう半分以下になっていた。

けど二千の魔物達を相手にするとなると、二百人全員が残ったとしても無茶な気がするけど。

何か考えがあるのかな。

「いいぞいいぞ！　腕に自信のない奴はどんどん帰れ。ドラゴンは、俺が全て殺す」

クラーガさんが目をギラつかせながら、舌なめずりをして、水晶の先のドラゴンを睨んでいる。

最終的に残ったのは、僕達とクラーガさん、そして数組のパーティだけだった。

人数にして、五十人くらいだ。

半分以上減ってしまった。

「五十人程ですか、結構残ってくれましたね。ではこれより、作戦会議を始めたいと思います」

ナタリア王女は、人数が減ったことをあまり気にしてないようだった。

まるで想定内とでもいうように、話を進める。

「人数が減ったことに関しては、あまり気にしないでください。この程度の映像を見て逃げ出す人達ならば、居ない方がマシです」

「この程度……ね。逃げ出すには十分な映像だと思うが、まだ何か隠してやがるのか？」

王女の言葉に、クラーガさんが食いつく。

「…………こちらをご覧下さい」

ザザッと、水晶の映像が切り替わった。

そこに映っていたのは、悠然と空を飛ぶ真っ白な巨大な魔物。

——白いドラゴンだった。

映像だというのに、嫌な汗が頬を伝った。

「いいねぇ、最高だ！　この手で白いドラゴンを葬れるなんて！　あぁぁ、今から滾ってしかたねぇっ！」

クラーガさんが血走った目で水晶の中の白いドラゴンを見ている。

この人は戦闘狂なのかな…………凄い愉しそうに笑っている。

「さて、作戦とはいいましたが、実際に倒すべきはこの白いドラゴンだけと思っていただいて構いません」

どういうことだろう、二千の魔物は？

「あん？　どういうこった？　ドラゴンは俺が全て殺すぞ」

「そう焦るな。ここからは私が説明しよう」

怪訝そうなクラーガさんを横目に、騎士の人が一歩前に出た。

「私はゼル王国の騎士団長をしている、ザナトスというものだ。実は二千の魔物に関しては、もう対策済みなのだ。我が国の魔術師、総勢百人で大規模魔術を放つ。予想ではそれで大方殲滅できるはずだ」

魔術師が百人って、とんでもない数だな。

でもそれならば、いけるかもしれない。

「だが、白いドラゴンの力は未知数だ。それに遥か上空を飛行しているため、魔術の範囲外になる可能性が高い。残ってくれた君達には、我々騎士団と共に、生き残った魔物の殲滅と、白いドラゴンの相手をしてもらいたい」

「ちっ、しょうがねー。今回は白いドラゴンだけで勘弁してやるか。だが、ドラゴンの生き残りがいたら俺が殺すから邪魔すんなよ」

ラナに聞いてはいたけど、クラーガさんのドラゴンに対してのこの執着は何なんだろうか。

「そういうわけで、作戦と言えるようなものでもないが、当日は宜しく頼みたい」

魔物の到達は五日後ということもあって、その日は残りの冒険者達と挨拶をして、解散になった。

解散したあともクラーガさんが頻繁に話しかけてきたけど、その度にルシアナと姉さんに邪魔されていた。

大男は蹴りが効いたのか、最後まで椅子でグッタリと倒れたままだった。

＊

夜はラナが用意してくれた、少し高めの宿に泊まることに。

一人一部屋とってくれてたのに、何故か皆僕の部屋に集まっていた。

「白いドラゴン、強そうだったね。大丈夫かな？」

「恐れることはありません。この前倒したではありませんか」

そうだけどさ……大きさも全然違うし、白い特殊個体だし、やっぱり不安だ。

「そんなに心配なら、今から私が倒して来ますわ」

「ちょ、落ち着いてよルシアナ」

ルシアナが強いのはわかってるけど、あれに一人で挑ませるのは駄目だ。

「相変わらず心配性ねぇ、ラゼルは。そこが可愛いところでもあるんだけどね」

「……胸が当たってるってば、レイフェルト姉」

絶対わざとだろうけど。

「ふふ、当ててんのよ」

やっぱりね。

「でも今回はクラーガさんもいるし、安心だね」

『ドラゴン殺し』って言われてるくらいだから、心強い。

「もぅ、あの女の話はしないでちょうだい。お姉さん妬いちゃうわよ」

レイフェルト姉はクラーガさんを女性だと思ってるのか。

「いやいや、クラーガさんは男の人だよ。だから姉さん達が気にすることないと思うんだけど」

なんでこんなにも、クラーガさんに反応するんだろ。

「あんな発情臭漂わせて、男なわけないでしょ。あいつは間違いなく女よ」

「えっ？」

「そうですよラゼル。あの女には気をつけてくださいね」

「次お兄様に近づいたら、今度こそ串刺しですわ」

女性だったのか…………確かに綺麗な人だとは思ったけど。

姉さん達がそう言うんだから、間違いないのかな？

だとしたら良かった。

僕がドキッとしたのは女の人だったたってことだからね。

*

作戦会議の日は何事もなく終わり、次の日の朝。

魔物が到達するまで、残り四日。

僕は昨日水晶で見た魔物を調べに、ギルドに来ていた。

リファネル姉さんとルシアナは寝ていたので、レイフェルト姉が一緒についてきてくれた。

一人でも大丈夫って言ったんだけどね。

ギルドの造りは、シルベスト王国とほぼ似たような感じだった。

受付があって掲示板があって、そして併設された飲食スペース的なものがある。

シルベスト王国よりも大きい国だけあって、それら全部の規模が違うけど。

受付のお姉さんに、昨日見た魔物の名前を伝えると、丁寧に説明してくれた。

フレイムモンキーは、尻尾の部分が激しく燃えている、二足歩行の猿の魔物だという。

体の大きさは、四メートルを超えていて、全身分厚い筋肉に包まれた、恐ろしい怪物。

捕まってしまったら、逃げ出すのは困難だとか。

そしてロックスネークだが、名前の通り、岩を鎧のように纏った蛇だ。

全長は十メートルを超える。

主な攻撃手段は纏った岩を飛ばしたり、近くの敵に対しては締め付け攻撃も行う。

これも一度捕まったら終わりらしい。

一番厄介なのは、ロックスネークの牙には毒があるということ。

この二体はどちらもAランクだ。

Aランクの魔物は他にも何種類かいたけど、この二体が一番数が多かったように見えた。

他にも水晶に映った魔物のことを、できる限り詳しく聞いていった。

ドラゴンやオーガ、ゴブリン等は既に戦ったことがあるので聞かなかったけど。

「ラゼルは本当に心配性ねぇ、私達がいるんだし大丈夫よ。まぁ、そうやって勉強熱心なのは良いことだと思うわ」

ギルドを出て、次は解毒ポーションを買いに行こうと店を探してると、レイフェルト姉が緊張感のない声で呟いた。

「念のためだよ。姉さん達の足はなるべく引っ張りたくないからね」

元々今回の戦いは、僕が姉さん達に一人でも大丈夫、というところを見せる目的もある。

それにAランクの魔物だけでも数百はいるのだ、姉さん達は大丈夫でも、僕は今から恐くてしかたない。

戦う敵のことは、少しでも知っておかないと不安だ。

単純に考えて、あの白いゴブリンが何百といるのと同じなんだから。

「もう！　私達はラゼルが、可愛くてしかたないから守ってるのよ。足を引っ張るだとか、迷惑だなんて思ったことないわよ」

少し頬を膨らませながら、僕を見るレイフェルト姉。

「わかってるよ。いつもありがと」

「ふふ、わかればいいのよ。さ、行きましょ！」

「うん。……だけど、あんまり胸を押しつけないでってば」

「照れなくてもいいのよ、嬉しいクセにぃ～」

「…………」

目的のポーションを手に入れて、その日は宿に帰った。

その日の夜、ノックの音が聞こえてドアを開けると、ラナとナタリア王女が立っていた。

「ラナ、どうしたの？　それに王女様まで……」

「遅くにすみません、ナタリアがラゼル様達に会いたいと聞かなくて」

「あなた達が、センナリ山脈のドラゴンを討伐したパーティですね？」

センナリ山脈？　そういえばあのドラゴンが棲みついてた洞窟があったのが、そんな名前の山だったっけ？

あの時はドラゴン討伐にビビってたから、あまり詳しく覚えてないんだよね。

「はい。僕達のパーティが討伐しました」

「ドラゴンを倒せるパーティは希少です。Aランク冒険者が複数人いても、成功率は低い筈です。お強いんですね」

そう言うと、ナタリア王女は目を輝かせながら、僕の手を両手で掴んできた。

僕は何もしてないだけに、なんだか妙に後ろめたい気持ちになる。

「もしこの戦いが終わったら、ゼル王国に来ませんか？　何不自由ない暮らしを保証しますよ？」

「ちょっとナタリア!?　いい加減にしてください」

ナタリア王女の発言に、声を大きくするラナ。

「ふふっ、冗談ですよ。相変わらずいい反応しますね」

「もうっ！　おふざけは程々に」

随分と仲がよさそうに見える。

王女同士、もっとギスギスした感じかと思ってたけど、全然そんなことはなさそうだ。

「仲がいいんだね」

「ナタリアとは、付き合いが長いですから。私の数少ない友人の一人です」

「この子、こう見えて結構頑固なところがあるから、友達少ないんです」

「ラゼル様に余計なことを言わないでくださいっ！」

「ふふふ」

その後、ナタリア王女は姉さん達にも軽く挨拶をして、帰っていった。

なんだかラナの新しい一面を見れた気がした。

姉さん達はナタリア王女が僕の手を握ったことにブーブー言っていたけど。

＊

そして次の日の夜、またまた部屋のドアが叩かれた。

「クラーガさん!?　急にどうしたんですか？」

ドアの向こうにはクラーガさんが立っていた。

仲間の人はいない、どうやら一人で来たようだった。

「いや〜、ラゼルの顔が見たくなってな」

「ひっ!?」

そんなことを耳元で囁くもんだから、僕はなんだか変な声が出てしまった。

僕は耳がかなり弱い………

「おっ？　ラゼルは耳が弱いのか？　これはいい発見だ」

「お兄様から、離れなさいっ！」

ルシアナの怒声が響いたのと同時に、クラーガさんに向けて氷の礫が放たれた。

「おぉっとっ!?」

難なくかわすクラーガさん。

これ、当たったら痛いじゃ済まないでしょ………

避けるってわかってるからだと思うんだけど…………それにしても攻撃に躊躇がない。

「落ち着いてルシアナ。姉さん達もっ！」

ルシアナだけじゃなく、姉さん達も剣を抜こうとしていた。

「ラゼルの言うとおりだ、少し落ち着け。俺は少し話がしたかっただけだ。ラゼルの顔が見たくなったってのも本当だがな」

なんの話だろうか？　多分魔物との戦いのことだとは思うけど。

「いや、ちょっと違うか。話っていうより、忠告みたいなもんなんだがな」

姉さん達を宥めてから、部屋でクラーガさんの話を聞くことに。

ルシアナのクラーガさんを睨む目が恐い…………

「この国の魔術師が大規模魔術を放つって言ってたろ？」

「はい。白いドラゴン以外の魔物は大体倒せるって」

「そこなんだがな。あいつらはドラゴンを甘く見すぎてる。確かに、粗方の魔物は倒せるだろう。だが、ドラゴンは別だ。俺の予想じゃ、ほとんどのドラゴンは生き残るだろうな」

クラーガさんの言ってることが本当だとしたら、僕達と騎士団で数十体のドラゴンを相手にすることになる。

それに加えて、生き残ったAランクの魔物の殲滅か。

これは厳しいんじゃないか…………

「それで、あなたは私達にどうしろと？」

不機嫌そうにリファネル姉さんが聞いた。

「いや、別に何をやれってわけでもねーんだ。ただ、今回まともに戦えそうなのは、あんたらと騎士団長のおっさんくらいだと思ってよ。騎士団が何人いるかは知らねーが、普通の奴なんて何百何千いようが、ドラゴンの前では無力だ。だからできる限り、協力しようぜってことさ」

ドラゴンと対峙したことがあるからこそわかる。

クラーガさんの言うとおり、僕くらいの強さの人間が何人いても、ドラゴンに勝てる気はしない。

あの魔物は、それくらいの絶望を纏っていた。

「協力はともかく、私達の前に立ち塞がるのなら、斬り捨てるだけです」

「そうね。それにドラゴンが、そこまで強い魔物だなんて思えないもの」

「お兄様に害をなすなら、その全てを捻り潰すだけですわ」

相変わらず、自信満々な姉さん達。

「ハハハッ！　余計なお世話だったか。まぁそういうことだから、当日は宜しく頼むぜ」

笑いながら、部屋を出て行こうとするクラーガさん。

「クラーガさん、ありがとうございました」

クラーガさんが自分のことしか考えてない人なら、わざわざ僕達にこんなこと言いにこないだろう。

要は、油断するなってことを言いにきてくれたのだ。

「じゃあな、ラゼル。――フッ」

「ヒッ!?」

帰り際、僕の顔に自らの顔を近付けたかと思うと、肩に顎を置き、耳に息を吹きかけてきた。

急なことで、また変な声が出てしまった。

それに、女性だと意識してしまっているからか、余計ドキドキする。

いい匂いもするし。

「死んでくださいっ!!」

「ハハッ！　じゃあまたな」

ルシアナの火の魔術をかわしながら、クラーガさんは帰っていった。

「キーッ、こうなったら戦場で魔物と一緒に葬ってあげますわ！」

冗談だと思うけど不安だ。

ルシアナならやりかねないと、心のどこかで思ってしまう。

あと、部屋で火の魔術はやめようね…………

＊

そんなこんなで、この国に着いてから四日目の夜。

ナタリア王女の話では、明日の昼過ぎ頃には魔物が押し寄せてくるという。

僕達冒険者は明朝、城門前に集まることになっている。

一応やれるだけの準備はした。

解毒ポーションも持ったし、この国にきてからも日課の剣の修行はやっていた。

ドラゴン相手じゃどうしようもないけど、生き残った魔物の殲滅では役に立ちたい。

明日に備えてもう寝ようとして、僕はふいに窓の外を見た。

本当に意味なんてなく、ただ何となくだった。

一瞬、遠くでピカッと何かが光った気がした。

気のせいかもしれないけど、その光はだんだんと近付いてきてるように見えた。

「――リファネル、ルシアナッ！！！！！」

「ええっ、わかってますっ!!」

突然、レイフェルト姉の声が聞こえた。

いつもの緊張感のない声とは違って、かなり焦ってるように聞こえる。

こんなレイフェルト姉の声を聞くのは初めてかもしれない。

「わっ、ちょ、姉さんっ!?」

リファネル姉さんは僕を抱えると、窓を突き破り外に飛び出した。

僕達の泊まっている宿は二階なんだけど、そこから飛び出し、地面に着地するまでの刹那、もの凄い衝撃に襲われた。

あまりの衝撃に目を開けることもできず、上下左右の感覚すらわからないまま、グルグルと回っていた。

「ラゼル、大丈夫ですか？」

やっと衝撃がおさまり、リファネル姉さんの声で目を開けると。

「…………何があったの、これ」

おかしい、ここには確かに僕達が泊まっていた宿があったはずなのに。

そこには何もなかった。

宿の後ろには、何軒も建物が並んでいた筈なのに、何もなかった。

「一体何が…………」

宿があった直線上は、何かが通過したかのように、何処までも抉れていた。

辺りは悲鳴と怒声が飛び交い、みんなパニックになっていた。

「やってくれたわね…………」

「はい、あと少しで消し飛ぶところでしたわ」

さっきまで宿があった場所を見ながら、レイフェルト姉とルシアナが苛立たし気に呟いた。

よかった、二人も無事だったんだ。

まぁこの二人のことだし、心配する必要はないとは思うんだけど。

「どうやらアレの仕業っぽいですね」

「アレって——」

何？　と言いかけて、僕は口を閉じた。

いや、声が出なかったってほうがあってるかな。

リファネル姉さんのほうを振り返ると、この前水晶で見た白いドラゴンが中空で翼を動かしながら、こちらの様子を窺っていた。

ここで僕はようやく、現在の状況が理解できた。

僕達を襲った衝撃はドラゴンのブレスだったのだ。

白いドラゴンと僕達の宿を結ぶ直線にかけて、ブレスの痛々しい跡が残っている。

「な……なんで？　だって魔物の到着は明日って…………」

ナタリア王女の使い魔で、常に監視していた筈だ。

何か急な動きがあったら、僕達や騎士団に報せが届く手筈になってるのに。

なんでこんなことに……？

「詳しいことはわかりませんが、予想外のことが起きたのは事実です。ですが、私達のやることとは変わりません」

リファネル姉さんは剣を抜き、歩き出す。

「ええ、そうね。誰に向けてブレスを放ったか、蜥蜴さんに教えてあげないとだわ」

レイフェルト姉も、リファネル姉さんの後に続く。

「ルシアナ、あなたはラゼルを守っててください。私達はあの愚かな蜥蜴を斬り殺してきます」

「任せてください。お兄様には指一本触れさせません。本当は私が消滅させたいのですが、今回は譲りますわ」

「大丈夫？　あまり無茶しないでね」

いくら姉さん達でも、今回ばかりは本当に心配だ。

まだ距離があるにもかかわらず、姉さんが前に斬ったドラゴンよりも更にデカいのがわかる。

ブレスの威力も比べ物にならない。

間近で見たら、きっと僕は震えて動けないだろう。

「安心しなさい、お姉さんが速攻で終わらせてきてあげるわ」

「甘いですレイフェルト。己のしたことを後悔させるために、まずは翼を切り落として飛べなくしてから、じっくりといたぶって殺すのです」

「嫌よ！　早く殺って、早く寝たいのよ私は」

「宿を破壊されたのに、何処で寝るんですか？」

「そうだったわ………あぁっもう!!　思い出したらイライラしてきたわね。さっさと行くわよ」

二人がドラゴンのもとへと駆けようとした時。

「ハハハハッ、来やがったなっ！　あいつは俺が狩る!!」

クラーガさんのパーティが、姉さん達よりも先にドラゴンへと向かって行ってしまった。

凄い速さでドラゴンとの距離を詰めていく。

クラーガさんが先頭になり、その後を仲間の人達がついていく。

姉さん達のことだから怒るかなと思ったんだけど、意外にも黙ってクラーガさん達を見ていた。

空を飛ぶ相手に、クラーガさんはどうやって戦うんだろうか。

『ドラゴン殺し』って呼ばれてるくらいだし、何かあるんだろうけど。

「――ゴズッ!!」

あっと言う間にドラゴンのもとへたどり着くと、クラーガさんは仲間の名前を叫んだ。

「はいっ、団長！　――んぅぅぅどっせぃぃぃ！！！！」

どうやらゴズと呼ばれた人は、初日に僕達に絡んできた大男のようだ。

そしてなんと、ゴズさんは掌の上に乗っかったクラーガさんを、ドラゴン目掛けて思い切りぶん投げた。

「凄い……」

僕は思わず一人言を溢していた。

クラーガさんの脚力とゴズさんの腕力が合わさり、クラーガさんはもの凄い速さでドラゴンへと飛んでいった。

やがてドラゴンよりも更に高い位置まで到達すると、空を蹴り、ドラゴンに向かって落下しながら踵落としをかました。

ゴスンッッ！！！！！！

クラーガさんの踵が脳天に直撃した瞬間、此方まで鈍い音が響いてきた。

白いドラゴンはたまらず、地面へと叩き落とされた。

今何を蹴ったんだ!?　何もない空間を蹴ったようにしか見えなかったけど。

それになんて威力………

これがＳランク冒険者か。

「いけーっ!!　まずは翼をぶったぎれっ!!」

下で待機していた数十人の仲間が、一斉にドラゴンへと襲いかかった。

だが、

「ギゥォォオオオオオッッ！！！！！」

ドラゴンはクラーガさんの攻撃を食らったにもかかわらず、ダメージを負った様子はなく、咆哮しながら鋭い爪を振った。

そのたった一度の攻撃で、クラーガさん以外の人達は吹き飛ばされていく。

「嘘でしょ!?　たった一撃で…………………」

やはり白いドラゴンは桁外れに強いのか？

ドラゴンと戦い慣れてるはずの人達が、こんな簡単にやられるなんて。

「…………姉さん、クラーガさんが……」

このままではクラーガさんがドラゴンと一人で戦うことになってしまう。

「はぁ、わかってます。今行きますから、そんな顔をしないでください。あの女は気にくわないですが、ラゼルの悲しむ顔は見たくないですからね」

「そうね、これであの女に貸しができるわ。この戦いが終わったら、二度とラゼルに近付かないようにしてもらいましょう」

いつもと変わらない調子で、姉さん達はクラーガさんのところへ助太刀に向かった。

「ルシアナ、僕もあっちに行きたいんだけど。駄目かな？」

「え!?　なんでですの？」

「クラーガさんの仲間の人達、今ポーションを使えば助かるかもしれないからさ」

もちろんルシアナが駄目だと言うなら諦めるつもりだ。

でもルシアナの魔術なら、僕を守りながらでも近付けるかもしれない。

「はぁ～、お兄様は本当にお優しいですね。いきなり短剣を投げつけてくるような相手の心配までして」

「駄目？」

「お兄様がそうしたいのなら、そうしましょう。私が側にいる限り、お兄様が危険な目に遭うことなんてあり得ませんし」

「ありがとう、ルシアナ」

＊

ラゼル達から離れ、ドラゴンがブレスで壊した壁から外に出るリファネルとレイフェルト。

「また飛ばれると面倒臭いので、とりあえず翼を斬り落とします。私は右を、貴女は左をお願いします」

普通片翼になれば飛べなくなるだろうが、念には念を入れて両方斬り落とすべきとリファネルは判断した。

「わかったわ。それにしてもあの女、結構戦えてるわね」

「一応Sランクらしいですからね。これくらいは当たり前じゃないですか？　でもだいぶ傷を負ってますよ」

「――ちょっと…………あいつまたブレス撃とうとしてないかしら？　大口開けてこっち見てるんだけど」

もうすぐでドラゴンへと辿り着こうかというとき、クラーガと戦闘中のドラゴンが二人の接近に気付き、口を大きく開け、ブレスを放とうとしていた。

口の中に、熱が集まっていく。

「ふむ、避けるのは容易いですが…………」

肩越しに後ろを軽く振り返るリファネル。

「後ろにはラゼルがいます。ついでにゼル王国もあります」

正直リファネルにとっては、国がどうなろうとそこまで興味はなかった。

シルベスト王国のように住むべき家があるわけでも、知り合いがいるわけでもない。

だが、そこにラゼルがいる。

それだけで、彼女にとってそこは、命に変えても守らなければならない場所になる。

「じゃあ――」

「ええ――」

「斬るしかないわね」

「斬るしかないです」

数日前、ブレスをドラゴンごと斬ったリファネルだが、今回の白いドラゴンのブレスの威力は、彼女の目から見ても異常なものだった。

「不本意ではありますが、今回は協力プレイといきましょう」

「そうね、あの馬鹿げた威力だもの。もしものことを考えたらそのほうがいいわね」

もちろん二人とも、一人でも何とかできる自信があったが、今回は後ろにラゼルがいる。

万が一にも失敗は許されなかった。

「お前ら何やってんだっ、さっさと逃げろっ!!」

ドラゴンがブレスを放とうとしてるのに、剣を構えた二人。

それに対して、クラーガが叫んだ。

後ろに国があるのは彼女もわかっている。

だが、あのブレスの威力は剣でどうにかできるレベルを軽く超えている。

それにもかかわらず、二人は焦った様子もなく、剣を構える。

「――ックソがぁ、間に合えッ！！！！」

既にドラゴンとの戦闘で浅くない傷を負っていたクラーガだが、渾身の力を振り絞り、全力で地面を蹴り、ドラゴンの真下へと走った。

「ツラァァァァァア！！！」

そしてブレスが放たれる直前、彼女はドラゴンの無防備な顎に向けて、蹴りを喰らわせた。

その細身から放たれたとは思えない、あまりにも速く、重たい一撃。

一瞬、足が見えなくなるほどの速度だった。

彼女の蹴りによって、ドラゴンのブレスはリファネル達の方から、上空へと軌道を変えた。

その甲斐あって、ブレスは被害を雲を散らしながら真っ暗な夜空へと消えていった。

「ギゥァァァァァァァアッッッッッ！！！」

だが代償もあった。顎を蹴りあげられ怒り狂ったドラゴンの爪が、蹴りで体勢を崩したクラーガの腹を深々と抉った。

「ックソが……」

Sランク冒険者とはいえ人間、致命傷を負えばどうにもならない。

クラーガはドラゴンの真下で倒れ込んだ。

間髪いれずにドラゴンの巨大な足が迫る。

「へ、ここまでか……。もう体に力が入らねー、後は騎士団が何とかすることを祈るしかないか。どちらにしろ、俺の冒険は終わりだがな………この世の全てのドラゴンをぶっ殺してやりたかったが………悔しいなぁ」

これから踏み殺されるであろう状況でも、クラーガの目は力を失っていなかった。

最後まで力強い瞳で、ドラゴンを睨み続けていた。

そして——ズドンッッッ！！！

クラーガの居た場所にドラゴンの足が振り落とされた。

地面が揺れ、その周囲には地割れが起きていた。

だがドラゴンが前足を地面から上げると、そこにあるであろう筈の人間の死体はなかった。

「貴女、中々やるではありませんか。少し見直しましたよ」

「ええ、そこら辺の冒険者とは一味違うわ。けど、だからってラゼルに近付くのを許したわけじゃないわよ？」

クラーガは最初、何が起こったか理解するまでに時間がかかった。

もう後は死を待つだけだった筈なのに、自分はまだ生きている。

リファネルに抱き抱えられ、ドラゴンから少し離れたところにいた。

あの距離を一瞬で詰めて自分を救うなんて、いったいどれだけの速さなら可能なのか。

「助かった……色々聞きたいことはあるが、とりあえずは礼を言わせてくれ。ありがとう」

「貴女はここにいてください。すぐに片付けるので」

「待ってくれ、アイツは二人でどうにかできる相手じゃない。騎士団と協力したほうがいい」

今まであらゆるドラゴンを葬ってきたクラーガだが、この魔物の強さは他とは一線を画す。

二人を案じて提案したことだったが、返ってきた答えは意外なものだった。

「ふむ、そんなたいした敵には思えませんがね。まぁ安心して見てるといいです。あの蜥蜴の命はここで終わりです」

「じゃ、そういうことだから大人しくしてるのよ。貴女、結構重症よ？　無理したら死ぬわよ」

そう言って二人は、ドラゴンに向かって歩いていく。

そこに焦りだとか、緊張感は一切見られない。

まるで、勝つのが当たり前の戦いに身を投じるかの如く、剣を抜きながら進んでいく。

「ハハッ…………蜥蜴って」

仲間のことは心配だが、今の自分にできることはない。

クラーガは重い瞼を閉じた。

＊

姉さん達になるべくバレないようにこっそりと、だけど急ぎつつ、ルシアナと一緒にドラゴンに吹き飛ばされた人達のもとに向かう。

僕の姿が視界に入ると姉さん達は、戦いに集中できないかもしれないからね。

目的はクラーガさんの仲間の救出だ。

「よし、ポーションは無事だ」

バッグの中を確認して、僕は安心した。

いつ何が起きても大丈夫なように、この国に来てからは常に剣やポーションを持つようにしていた。寝る時でさえ。

だけどもしかしたら、さっき二階から飛び降りたときにポーションのビンが割れたりしてるかもと思ったんだけど、何とか無事だった。

「さぁお兄様、早く怪我人を運び出しましょう。あまり長居すると、お姉様達の戦いの巻き添えを食らいますわ」

「わかったよ」

怪我をしてるであろう『炎殺の業』のパーティメンバーのもとへ急ぐ。

その道中、ふと姉さん達のほうへ視線を向けると、今まさに白いドラゴンと戦闘を繰り広げてる最中だった。

けどおかしいな、クラーガさんがいない。

クラーガさんだけは、ドラゴンと戦えていたように見えたんだけど。

僕はてっきり、姉さん達と一緒に共闘してるとばかり思ってた。

どうしたんだろうか？

気にはなるけど、今は怪我人が優先だ。

「お兄様！　ここに一人、デカイのが倒れてますわ」

ルシアナのほうへと駆けると、初日に僕達に絡んでクラーガさんに蹴り飛ばされた人が、仰向けに倒れていた。

確かゴズさんって呼ばれてたっけ。

「大丈夫ですか!?　これ、ポーションです。飲んでください」

見たところ大きな傷はないけど、多分骨があちこち折れてる。

ポーションを飲んだところで直ぐに動けるようになるわけじゃないけど、痛みは引く筈だ。

「お前はあの時の………すまねぇ、助かる」

ゴズさんは僕の顔を見て、申し訳なさそうにしながらもポーションを飲んだ。

初日に絡んだことを気にしてるのかも。

あの時は少しだけイラッときたけど、今はそんなこと気にしてる状況じゃない。

「僕は、他の人も見てきます。ゴズさんは安静にしてて下さい。もうすぐ騎士団の人達もくると思いますから」

これだけの騒ぎだ。

直ぐに騎士団も動き出すはず、怪我人を運ぶのは任せよう。

それから周りを見渡すと、ゴズさんの周囲には何人もの人が倒れていた。

僕とルシアナは片っ端から怪我人にポーションを飲ませて、ゴズさんの近くに運んだ。

一ヶ所にまとまっていたほうが、騎士団の人達も運び出しやすいだろう。

そして幸いにも、命に関わるような怪我を負った人はいなかった。

まぁ、直ぐに動けるような軽いものでもないけど。

「ありがとうルシアナ、助かったよ」

怪我人を運んでくれたのは、ほとんどルシアナの魔術だ。

「お気になさらず。お兄様の頼みならどんなことでもしますわ。そんなことより――」

「どうしたの？」

「――あちらにもう一人、倒れてますわ」

ルシアナはドラゴンの近くを指差す。

「え!?　クラーガさん？」

なんと、ドラゴンと姉さん達が戦ってる付近で、クラーガさんが横たわっていた。

姉さん達が引き付けてるお陰で、今のところは踏み潰されたりの心配はなさそうだけど。

「早く助けないとっ！」

どういう状態かはわからないけど、あんなところで倒れてるんだ、無事なわけがない。

僕は急いでクラーガさんのもとへ向かおうとして、

「お待ちください、お兄様！」

ルシアナに手を掴まれ、止められた。

「離してルシアナ。早くしないとクラーガさんが危ないかもしれないんだ」

振りほどこうとしても、ルシアナの手はびくともしない。

この小さな体のどこにそんな力があるんだろうか。

いや、僕の力が弱すぎるって可能性もあるか。

「今行ったら戦いに巻き込まれて、お兄様も無事じゃ済みません」

「じゃあどうすれば…………」

「私に任せて下さい。お兄様が態々、危険な場所へ行く必要はありません」

そういうと、ルシアナは魔術を発動させた。

クラーガさんの体がフワッと浮いたかと思うと、ゆっくりと此方に運ばれてくる。

「っ!!　…………これは」

運ばれてきたクラーガさんの状態を見て、僕は動揺を隠せなかった。

あちこち傷だらけだが、お腹の傷が特に酷く、かなりの深さで抉れていた。

血はドクドクと、止めどなく溢れている。

僕はすぐさま、ポーションを傷にかけた。

こういう酷い損傷の時は、飲むよりも直接かけた方が効く。

「よかった、何とか血は止まった。後は――」

「お兄様ッッ！！？」

僕はポーションを口に含み、意識のないクラーガさんへと口移しで飲ませた。

これでなんとか助かってくれればいいけど。

傷が余りにも酷いから不安だ。

もしかしたらこのまま…………………

あー駄目だ、最悪なことばかり考えてしまう。

僕らしくない。

プラス思考で行こう。

クラーガさんは助かる、絶対に。

唇をクラーガさんのもとから離した時、一瞬「ギャンッッ」っという、断末魔のような、絞り出した感じの鳴き声が聞こえた気がした。

何事かと思い、戦ってる姉さん達の方を見ると、此方に猛ダッシュしてくる二つの影。

それがリファネル姉さんとレイフェルト姉だと気付いた時には、二人は目の前まできていて、僕の肩を揺らす。

それはもうグラングランと揺らす。

「ラ、ラ、ラゼルッッッッ！！！！　今その女とキ、キスしてましたよね？　ね？　何故そのようなことを⁉︎　説明を求めます‼︎　一から十まで詳しく、お姉ちゃんが納得の行く説明をッッ‼︎」

「酷いわラゼルったら、私という者がありながら！　初めては私とって約束してたのに……………今夜は枕が涙でビチャビチャよ‼︎」

そんな約束はした記憶ないけどね………

余りの二人の狼狽えっぷりに、若干の恐怖を覚えながらも、なんとか落ち着かせようと声を絞りだす。

「ちょっと、落ち着いてよ!!　これは命が危ない状態だったから、口移しでポーションを飲ませただけだってば！　キスじゃないって！　ルシアナからも説明してよ」

姉二人に肩を揺すられながら、妹へ助けを求めたが。

「………………………お兄様が私以外とキス？　あり得ません、そんなことあり得ていい筈がありません。…………こうなったら、その女を消して全てをなかったことに……………………………………………………」

ヤバい。

姉さん達が可愛く見えるくらいにヤバいことになってるよぉ…………

あれ？　ていうか…………

「姉さん、ドラゴンは？」

「ラゼルッッ!!　話を逸らさないでください!!　今は蜥蜴の話なんていいんですっ！　そんなことより、納得のいく説明をしてくださいぃ!!」

怒られた。

あ～………未だかつてない級に、姉さん達がおかしくなってるよ。

もうどうすればいいんだ…………

前へ後ろへと、肩を揺らされながらも姉さんの肩越しに、大きな魔石が見えた。

よかった……白いドラゴンは倒したんだね。

後は、三人をどうやって落ち着かせるかなんだけど…………

「ラゼル様ッ!?　よかった、ご無事だったんですね」

僕が姉さん達に揺らされている時、ゼル王国のほうから此方へとラナが小走りで向かってきた。

いや、ラナだけじゃない。

かなりの数の武装した兵達と、ナタリア王女も一緒だ。

みんな同じ紋章の入った甲冑を装備してるのを見るに、この人達がゼル王国の騎士団だろう。

いくら騎士団の守りがあるとはいえ、白いドラゴンがいる戦場に自ら出向いてくるなんて、ナタリア王女も中々肝が据わった人なのかもしれない。

でも、ピクシィを使役していたってことは魔術師なんだよね。

意外と腕に自信があったりして。

「……何とかね。けど、『炎殺の業』のみんなが、特にクラーガさんの怪我が酷いんだ」

「今、騎士団の方々が怪我人を運び出してます。そんなことより、この状況はいったい…………」

ラナが姉さんに揺らされている僕と、一人でブツブツと負のオーラを纏いながら俯いているルシアナを見て、目を丸くしている。

ごめんラナ、僕もなんでこんなことになってるかわからないんだ。

僕はただ、クラーガさんを助けたくて、ポーションを飲ませただけなのに。

「僕にも何がなんだか…………ラナも姉さんを止めてよ」

「聞いてちょうだいラナ！　ラゼルったら私達が強敵と戦ってる間に何してたと思う!?　クラーガとキスしてたのよ、キス!!　どう思う？　私達が必死で戦ってる間に！」

レイフェルト姉がやたらとキスを強調しながら、ラナと僕の会話に入ってきた。

だからあれは仕方なくだって……それに強敵とか言ってるけど殆んど瞬殺してるじゃないか。ドラゴンなのに蜥蜴とか呼んでるし。

「えっ、キ……ス!?」

レイフェルト姉の言葉を聞いて、ラナの表情が曇った気がした。

「違う違う、クラーガさんの傷が酷くて、ポーションも飲めないくらいだったから口移しで飲ませただけだって」

僕は騎士団の人達に運ばれていくクラーガさんに視線を向けつつ、ラナに事実を伝えた。

ラナならわかってくれる筈だ。

「成る程、状況はわかりました。ですが…………仕方ない事態だったとはいえ、キスしたんですね？」

「だから、キスじゃなくて――」

「――したんですね？」

ラナがなんか恐いよ………顔はいつも通りニコニコしてるのに、目の奥が笑ってない。

「ラナ、今はそんなことよりもここで起こったことを、彼等に聞きたいのですが。白いドラゴンはどうなったのでしょうか？」

ナタリア王女がラナの後ろに立っていて、僕達に状況の説明を求めている。

ごもっともな意見だ。どう考えてもキスがどうとか話してる場面ではない。

「クラーガ君が負傷していたが………まさか彼がやられるとは」

王女の横にいたザナトスさんが、運ばれていくクラーガさんと、そのパーティメンバーを見て驚いていた。

「ラゼル様、説明していただけますか？」

＊

それから僕は、ナタリア王女にここで起こったことを説明した。

と言っても、説明と言えるほど大袈裟なものじゃない。

ただ、姉さん達がクラーガさん達と協力して、ドラゴンを倒したってことを話しただけだ。

なお、ナタリア王女に話してる間も、僕は姉さんにユサユサと揺らされていた。

王女も最初は何事かと気にしていたけど、途中から見て見ぬフリをしていた。

「そうですか。ではとりあえずの危機は去ったようですね。今夜は疲れてるでしょうが、明日のことでお話したいことがあるのでこの後、少しだけ宜しいでしょうか？」

そうだ、魔物の群が襲来するのは明日なんだ。

まだ油断はできない。

けど、白いドラゴンは倒したんだ、残りは大規模魔術で大体片付くって言ってたし、とりあえずは一安心でいいのかな？

「わかりました。姉さん達を落ち着かせたら、直ぐに行きます」

ナタリア王女とザナトスさん、そしてラナには一足先に戻ってもらった。

さてさて、どうしたものか。

「リファネル姉さん、そろそろ揺らすのやめてもらってもいいかな？」

だんだん頭がクラクラしてきたよ。

「…………では何故あんなことになったか説明を求めます」

だからさっきから説明してるのに…………。

「レイフェルト姉ぇ、助けてよぉ」

僕はすがるように、さっきからそっぽを向いてツーンとしているレイフェルト姉に声をかけた。

「仕方ないわねぇ……このままじゃらちが明かないから、とりあえずは助けてあげるわ。でも勘違いしないでね、私もまだ怒ってるんだからね？」

そこまで悪いことした覚えはないんだけどなぁ…………

でもよかった、レイフェルト姉が味方になってくれるだけでかなり心強い。

「リファネル、気持ちはわかるけど一旦落ち着きなさいよ」

さっそく、リファネル姉さんを止めようとしてくれるレイフェルト姉。

「ですが…………」

「ラゼルも反省してるわ。お詫びにシルベスト王国に戻ったら、私達にもキスしてくれるって言ってるわ」

僕を揺らすリファネル姉さんの手がピタリと止まった。

って、え!? そんなこと言ってないよ僕。

「ちょ、レイフェルト姉、僕そんなこといっ――」

否定の言葉を出そうとした瞬間、僕の後ろへ回り込んだレイフェルト姉に、即座に口を塞がれてしまう。

そして、リファネル姉さんに聞こえないように耳打ちしてくる。

「今の現状を何とかするには、これくらいのことは言っとかないと無理よ」

確かにこの場を何とか切り抜けるには、嘘でもいいからこれくらいは言わないと駄目かもしれない。

でもなぁ……

「ラゼル、本当ですか？」

リファネル姉さんが、ウルウルと潤んだ瞳で僕を見る。

「…………本当だよ、お姉ちゃん」

姉さんの機嫌を少しでも良くしようとして、今は「お姉ちゃん」呼びでいくことにしてみる。

「もう一回…………」

「え？　何を？」

「もう一回、お姉ちゃんって呼んでください」

「……お姉ちゃん」

「わかりました。今回のことは忘れます。そのかわり、シルベストに戻ったら…………約束ですよ？」

「……うん」

なんとかリファネル姉さんの機嫌が戻った。

シルベスト王国に戻った時のことを考えると億劫だけど、それはその時考えるしかない。

後はルシアナだけど…………

うわぁ、ヤバい、ヤバいよ。

まだ一人で喋ってるし、なにより瞳がどんよりと濁ってる。

これはどうすれば。

「ラゼル、――こしょこしょ――こしょこしょ」

ルシアナの余りの負のオーラに、どうしたらいいかわからずに棒立ちになっていると、またもレイフェルト姉が小さな声で耳打ちをしてきた。

「……でもそれは流石に」

「今のルシアナに声は届かないわ。それしか方法はないわ」

「うっ…………」

僕はレイフェルト姉の提案を実行するべく、ルシアナへと近付く。

「えーと、ルシアナ？」

「……………」

駄目だ、聞こえてない。

ああもうっ！　どうにでもなれだ！

チュッ。

「えっえっ!?　お兄様、今……」

僕はルシアナの前髪をそっと上げて、オデコに唇を触れさせた。

大丈夫、オデコだからこれはノーカウントだ。

「おにぃさまぁぁぁぁあっ!!」

これが効いたのか、さっきまでの暗い雰囲気から一転。

満面の笑みで僕のお腹に抱きついて、体を擦り付けてくるルシアナ。

「ルシアナ、落ち着いてってば」

「私は信じてましたっ！　お兄様が愛してるのは私だって！　オデコとはいえキスしたってこ

とは、もう結婚ですね！？？　結婚決定ですわぁぁ！！！！」

効果ありすぎぃっ！

しかもいきなり結婚って…………そもそも僕達は兄妹だからね。

でもせっかく機嫌が直ったんだ、このまま即否定してまた戻られても困る。

「……!!」

僕は無言でルシアナの頭を撫でた。

はぁ…………僕は血の繋がった姉妹相手に、何をしてるんだろうか。

＊

初日に作戦会議をした建物に入ると、中にはナタリア王女とザナトスさん、そしてラナが椅子に座っていた。

その周囲には他にも何人か騎士団の人が立っている。

「どうやら落ち着いたようですね」

建物に入るなり、そう声をかけてきたナタリア王女。

その視線は僕というよりも、姉さんやルシアナのほうに向いていた。

「はい。ご迷惑をおかけしました」

姉さんとルシアナはというと、さっきまでの様は何だったのかと思えるくらい機嫌が良さそうだ。

ルシアナに至っては、僕にベッタリとくっついて離れようとしない。

正直、かなり歩きづらかった。

無駄に体を擦り付けてくるし…………

「迷惑だなんてそんな、あなた達がいなければ被害はもっと大きくなっていました。本当に助かりました」

「いえ、それに全員が無事だったわけじゃありませんし……」

ここに着くまでの間、辺りの様子を見てきたけど酷いものだった。

夜も更けた頃だというのに外には人が沢山いて、皆パニック状態で、騎士団の人達がそれを収めるのに追われていた。

僕達と同じ宿にいた人達や、その後ろの建物に住んでいた人達は、ドラゴンのブレスで跡形もなく消失してしまった。

あのブレスの一撃だけで、数百もの命が失われた。

僕は姉さん達がなんとかブレスに気付いたお陰で助かったけど、あと少しでも遅れてたらきっと…………

想像するだけで、背中から嫌な汗が流れるのを感じる。

「それでも、皆さんのお陰で被害が抑えられたのは事実です。多くの人々が犠牲になってしまいましたが、私達には下を向いてる暇はないのです」

ナタリア王女の言うとおりだ。

白いドラゴンは倒したとはいえ、明日には大量の魔物がこの国へと押し寄せてくる。

油断はできない。

「そういえばあなた、ピクシィでドラゴンを監視してたんですよね？　それでいて、なんでこんな事態になったんですか？　大規模魔術を放てる人数の魔術師がいるんです、もしブレスに気付いたのなら防御くらいできそうなものですが」

僕にくっついたまま、ルシアナがふいに口を開いた。

「……こんな夜遅くにもかかわらず来てもらったのは、そのことなんですが。…………これを見てください」

ルシアナの言葉を聞いて、ナタリア王女は水晶を取り出して、僕達に見えるように置いた。

初日に見た大きいものとは違い、片手で持てるような小さな水晶だ。

王女の肩に乗ったピクシィが、水晶へと映像を映した。

「えっつ!?　なんで…………」

なんと、水晶には白いドラゴンが空を飛んでる姿が映し出されていた。

どういうことなんだろうか？

今さっき、姉さん達が確かに倒した筈なのに…………

「どういうことかしら？」

レイフェルト姉も訳がわからないといった感じで、水晶を見ていた。

「私達は一時もドラゴンから目を離してはいませんでした。信じ難いことですが、先ほどこの国を襲ったドラゴンは、この水晶に映るものとは別の個体ではないかと思われます」

じゃあ、敵の状況は一切変わってないってことじゃないか。

こっちはSランクパーティのクラーガさん達が負傷したっていうのに……

「一番の問題は、クラーガ君を含めた『炎殺の業』のメンバー全員が戦闘不能ということだ。我々は明日、Sランク冒険者抜きで白いドラゴンと戦わねばならない」

重い口調で、ザナトスさんが口を開いた。

「ザナトスの言うとおりです。明日はかなり厳しい戦闘が予想されます。こちらも相当数の騎士団で望みますが、どうなるかはわかりません。明日に備えて、一応報告だけはしておこうと思いまして。遅くにすみませんでした」

＊

ナタリア王女の話を聞いた後、僕達はまた新しく手配してもらった宿で体を休めることに。

ラナはナタリア王女の部屋に泊まってるみたいだ。

もう朝になるまでそんなに時間がないけど、少しでも寝ておかないとね。

またブレスが飛んでくる可能性について、姉さん達に聞いてみたんだけど、ルシアナが周辺を使い魔で見張ってるから大丈夫らしい。

「次ブレスがきたら、弾き飛ばしますわ」とか自信満々で言ってたから、一先ず安心して寝れる。

ザナトスさんやナタリア王女は厳しい戦いになるって言ってたけども、僕はそんなに心配してなかった。

姉さん達、白いドラゴンを瞬殺してたし。

ナタリア王女への説明では、姉さん達とクラーガさん達で協力してドラゴンを倒したって伝えたけど、ザナトスさん達はきっと、ほとんど『炎殺の業』の人達が倒したと思ってるんだろうね。

だからクラーガさん達が戦闘不能状態になって、あんなに焦ってたんだと思う。

まぁ普通はそう思うよね。

それとさっきザナトスさんに、クラーガさん達の怪我の状態を聞いたんだけど、とりあえず命に別状はないみたいだ。

本当によかった。

宿についてすぐ、僕達は明日の戦いに備えて眠ることにした。

あんなことがなければ、とっくに寝てる筈の時間だしね。

姉さん達とルシアナが、緊張感なくいつも以上にくっついてきて寝苦しかったけど、自分でも思ってる以上に疲れてたのか、僕はすぐに意識を手放していった。

第三章

朝になった。

いつもより睡眠時間が短いせいか、体が少しだけ重く感じる。

まだぐっすりと眠っているルシアナとリファネル姉さんを起こし、集合場所である城壁の外へと向かう。

ちなみにレイフェルト姉は僕よりも早く起きていた。

ルシアナはブレスがきても弾き飛ばすとか言ってたけど、こんだけ爆睡してて大丈夫だったんだろうか…………

まぁ、何事もなかったから良かったけども。

「今日は姉さん達がどれだけ早く、ドラゴンを倒せるかが大事だと思うんだ」

「あら？　急にどうしたのよ、ラゼル」

騎士団や冒険者の人達が集まってる場所へと向かう途中で、僕は姉さん達にお願いしておくことにした。

姉さん達は、僕がピンチにでもならない限り積極的に動くかわからない。

きっと、その間にも沢山の人が命を落とすだろう。

騎士団長のザナトスさんがどれくらいの強さかは僕にはわからないけど、今わかってる事実は、姉さん達ならば簡単にドラゴンを倒せるということだ。

クラーガさんは、大規模魔術でもドラゴンは生き残るって言ってた。

でもSランクのドラゴンさえいなければ、騎士団や応援に来てくれた冒険者達でも何とかなると思うんだ。

だからこそ、今回の戦闘は姉さん達が如何に早くドラゴンを倒せるかによって、被害の規模が決まる。

「いや、昨晩のドラゴンの襲撃で沢山の死人が出ちゃったしさ。覚悟を決めた冒険者や騎士団の人達ならまだしも、ただ平和に暮らしてるだけの人達が死ぬのは、悲しいなって」

僕に何とかできればいいんだけど。

残念ながら僕には、力も才能もない。

こんな時でも、姉さん達に頼らないと何もできない自分が情けなく感じる。

「もちろん姉さん達の安全が一番だから、危なくなったら逃げればいいし、命をかけて戦えってわけじゃないよ？　ただ、姉さん達にとってドラゴンが取るに足らない相手なら、今回の戦いではドラゴンをなるべく早く倒してくれたらなって。僕も自分の身は自分で守るから」

罪のない人が目の前で死んでいくというのは、中々に堪える。

「確かに私達にとっては、蜥蜴なんて何体いようとも敵ではありません。ラゼルがそこまで言うなら、今回はそのようにしましょう。私も早くシルベストに戻って、ラゼルに約束を果たしてもらいたいですから」

自らのプルンッとした唇に指を当てて、僕の唇を見つめるリファネル姉さん。

「約束？　何のことですか、お兄様？」

僕と姉さんの会話に違和感を感じ取ったのか、ルシアナが僕の裾をクイクイと引っ張る。

「ふふふ、ラゼルったらクラーガにキスしたでしょ？　そのお詫びに、シルベストに戻ったら私達にもキスしてくれるんですって」

「まぁまぁまぁ!!　それはとても素敵なことですわ！」

レイフェルト姉の言葉に、何故か喜ぶルシアナ。

あれ？　この流れってルシアナにもすることになってない？

「何か勘違いしてるようですが、貴女は駄目ですよルシアナ」

「……何故でしょうか、お姉様？」

リファネル姉さんに言われて、ルシアナの顔が一瞬にして曇った。

「貴女は昨晩、おでこにしてもらってたではありませんか」

「そんな…………では私はお兄様とお姉様がキスするのを、指を咥えて見てることしかできませんの？」

「無理して見てることはありません。私は貴女が眠ってからするので。お子様は寝てる、大人の時間帯というやつですね、フフフ」

なぜだろうか、少しイヤらしく聞こえるのは……

「ほら、その話は後にしなさい。もう着くわよ」

「うわ、凄い人数だね」

レイフェルト姉に言われて前方を見ると、そこには五千人はくだらない人数の騎士団と冒険者が、ゼル王国を守るように並んでいた。

先頭には騎士団長のザナトスさんが立っている。

その手には、巨大な盾を装備していた。

本当に大きい盾で、体全部を覆い隠してもなお、幅に余裕がありそうだ。

そして、一番後方には黒いローブを羽織った集団が。

きっとこの人達が、ゼル王国の魔術師だろう。

初日の話の通り、百人くらいいる。

希少な魔術師が、これだけの人数一ヶ所に集まることはそうないことだ。

僕達も後ろのほうの列に加わる。

魔術師達の近くにはナタリア王女とラナがいる。

多分ピクシィが監視してる映像で、魔術を放つタイミングを計ってるんじゃないかな。

そして、僕達が着いてすぐのことだった。

ドドドドドドドドドドドドドドッ！！！！

地面が揺れた。

「来ますっ!!」

ナタリア王女の声が、静かだった戦場に響いた。

砂煙を巻き上げながら、大量の魔物の姿が視界にはいった。

魔物の大群が近付くにつれ、揺れも激しくなってくる。

そして上空には無数の空飛ぶ魔物、ドラゴンが。

まだ距離はあるが、直に到達するだろう。

ナタリア王女の声が合図だったのか、百の魔術師が一斉に両の手を空にかかげた。

それから暫くは何も起こらなかったが、魔術師達は手を上げたままで微動だにしない。

魔力を集めてるんだろうか？

魔術のことは未だによくわからない。

その間にも魔物達は、此方に向かって進行してくる。

いよいよ魔物の種類がわかるくらいに、敵が近付いてきた時だった。

ドス黒い雲が、魔物の上空を覆った。

「放てッ！！！」

魔術師達の先頭にいたリーダーらしき男が、声を張り上げた。

百人の魔術師達がその声を合図に、一斉に両手を地面に叩きつけんばかりの勢いで、振り下げた。

瞬間、黒い雲から魔物に向けて、轟音とともに雷が落ちた。

作戦では、これでだいたいの魔物は片付くはずだった。

だが、そうはならなかった。

あろうことか魔物に叩きつけられた雷は、魔物に当たる直前に、見えない壁のようなものに防がれてしまった。

一瞬誰もが、何が起きたのかわからなかった。

「おいっ、何だよアレ!?　ナニカいるぞ？」

前の方にいた騎士団の一人が叫んだことで、皆異変に気付き始めた。

僕も何がなんだかわからず、魔物のほうを見た。

何で皆が騒いでるのか、その理由がわかった。

魔物の群の真ん中辺りに、人影が見えた。

そいつは人の形をしていながら、魔物に負けないくらいの巨大な体躯をしていた。

片手を空に向けながら、こちらに向かってくる。

僕は……というより、皆すぐに理解した。

あの人の形をした何かが、雷を防いだのだと。

これはよくない。

初っぱなから大規模魔術が防がれるという、想定外の事態が起きてしまった。

＊

大規模魔術が失敗に終わったことで、明らかに動揺が広がっていく。

「鎮まれっ!!」

離れていても耳に響く大声。

騎士団長ザナトスさんが、規律を失いつつあった騎士団員と冒険者を一喝した。

「予想外のことは起きたが、慌てることはない。冒険者はともかく、我々騎士団はこういった事態が起きた時のために訓練をしてきたのだろう？　人数では此方が勝っている。国の危機に及び腰でどうする？　今こそ日々の鍛錬の成果を発揮しろ！」

ザナトスさんが剣を掲げ、叫んだ。

その声に呼応するように、騎士団員が次々と声を張り上げ、剣を鞘から抜いていく。

折れそうだった皆の精神を、一瞬にして奮い立たせた。

これだけの人数の上に立つというのは、単純に強いだけじゃ駄目なんだろう。

男の僕から見ても、憧れてしまいそうなほどかっこよく映った。

「お兄様、きますわ!!」

「ルシアナ!?」

僕の腕にくっついていたルシアナが、急に僕の前へと出た。

姉さん達も剣の柄に手を置いていて、いつでも戦える態勢に入っている。

「――き、騎士団長、後ろから何かきます!!」

魔物の上空を飛ぶ複数のドラゴン。そのうちの一体が放ったブレスが、僕達に迫っていた。

不味い、このままじゃ直撃だ。

「慌てるなと言っただろうっ!!」

「え………!?」

騎士団員が間抜けな声をあげたのも無理はない。

ザナトスさんは騎士団員達に言った言葉を示すかのように、慌てずブレスのほうへと向き直り、その大きな盾を使い、ブレスをなんなく弾いてみせた。

ドラゴンのブレスに耐えるどころか、弾くなんて………凄すぎる。

ブレスを斬る姉さんもだけど、この人も大概化物染みている。

「す、スゲー……」「流石騎士団長！」「いける！」「騎士団長がいるんだ、俺達に敗けはない！」

ブレスを弾いたことで、周囲から歓声にも似た声が上がる。

「魔術が失敗した今、態々《わざわざ》敵の到着を待つ必要はない。こちらから仕掛けるぞ!!」

ザナトスさんの指示によって、魔物に攻撃を仕掛けようとした時だった。

今までバラバラに飛んでいたドラゴン達が、此方に向けて一斉に口を開いた。

その後ろでは、先ほどの人影が、空に上げていた腕をおろし、此方に向けていた。

まるでドラゴンに指示を出すかのように。

「くっ、全員盾を構えろ!!　死んでも国を守れっ！」

ドラゴン一体から放たれるブレスなら大丈夫なんだろうけど、一度に数十発ものブレスが飛んでくるとなると、いくらザナトスさんでも厳しいはずだ。

明らかに、一人で守れる範囲を超えている。

「ルシアナ、貴女の出番ですよ。この際、ブレスごと魔物を一掃したらどうでしょうか？」

「それは構わないのですが…………」

リファネル姉さんからの問いに、何故か僕のほうをチラチラ見てくるルシアナ。

一掃って…………そんなことが可能なのかな？

相手には大規模魔術を防いだ、変なのもいるのに。

てか、あの人影は本当に何者なんだろうか？

ドラゴンに指示を出してるようにも見えたけど…………

それに、白いドラゴンが姿を見せないのも気になる。

「どうしたの、ルシアナ？」

この一刻を争う状況にもかかわらず、何か言いたそうにモジモジしてる。

「…………お兄様、私が魔物を全滅させたら、私にもキスしてくれますか？」

「ちょ、あんたこんな時に何言ってんのよ!?　今はそんなことより、ブレスをどうにかしなさいよ！」

レイフェルト姉の言うとおり、今は一刻も早くブレスをどうにかして欲しいんだけどなぁ
…………

「そんなことではありませんわ!!　私にとっては何よりも重要なことなんです。もしキスしてくれないなら、私はお兄様しか守りません。国がどうなろうと知りませんわ!!」

く…………僕のキスと国とが天秤に掛けられてるよ…………

でも、どちらかを選べと言われたら、迷う必要もない。

「わかったよルシアナ、キスなんていくらでもしてあげるから、早くアレを何とかして」

キスするだけで国の危機が救えるなら安過ぎる。

そもそも僕の唇に、そこまでの価値はないと思うんだけど。

「ちょ、ズルいわよ！　そう言えばラゼルが断らないと思って言ったんでしょ!?」

「そうです、それはズルいです。こんなことになるなら、私が何とかします！」

「お姉様方、落ち着いてください。これはもう決まったことですので、諦めてください」

「三人とも、言い争いは後にしてよ！　もうブレスが放たれそうだよ」

ドラゴン達は、今まさにブレスを放つ直前だった。

「ご安心を、もう終わってます」

ルシアナがそう言うのとほぼ同時に、魔物達の真上に巨大な足が出現した。

流石はルシアナだ。

姉さん達と言い争いをしながらでも魔術を発動させてたとは。

何だかんだいってルシアナは優しい子だ、きっと僕がキスを断ったとしても国を見捨てたりはしなかっただろう。多分。

魔族の幹部リバーズルを、何度も踏み潰した時と同じ、土で出来た足。

だけど今回はその時よりも遥かに巨大だ。

それは、一踏みで全てを終わらせられる程の大きさだった。

余りに巨大過ぎて、ドラゴンだけじゃなく、二千の魔物全てを攻撃範囲に収めている。

そして、ゴゴゴッ！　という音とともに、足が踏み落とされた。

「……なんなんですの、アレは？」

ルシアナが魔物の方を見て、珍しく驚いたような声を発した。

「え……嘘……でしょ!?」

続けて僕も驚きの声を上げた。

ルシアナの魔術が発動した時点で、僕はもう終わりだと思ってた。

巨大な足が全てを押し潰して、魔物を一掃すると。

「ォォォォォオオオオオオオオオオオオオオオオッッッッッッ！！！！」

戦場に響く、獣のような雄叫び。

僕は思わず自分の目を疑った。

先程、大規模魔術を防いだ謎の人影。

そいつが両手を上げて、ルシアナの魔術に潰されまいと、耐えていた。

普通ならば、あれだけの重さを耐えられるわけがないのだ。

アイツは一体なんなんだろうか…………僕のなかで、言い様のない不安だけが広がっていく。

「何だ、アレは!?　魔術部隊か？」

「いえ、我々は何もしていません。それに、もうあのような大規模魔術を放つ余裕はありません」

突然現れた超質量のルシアナの魔術に、ザナトスさんが魔術師達を見る。

本来ならば、この規模の魔術は数百人がかりで行うものだ。

と言うより、それくらいの人数がいなければできない。

魔力が足りないからだ。

けれどルシアナは、涼しげな顔で魔術を発動させている。

生まれもった膨大な魔力量が成せる、力業だ。

そして、その魔術を跳ね返さんばかりの勢いで雄叫びを上げ続ける、謎の生命体。

いや、ここまで来たらもうその正体は想像がつくけど。

「大丈夫、ルシアナ？」

敵は想像を超えていて、ルシアナの魔術を耐え続ける。

ルシアナの魔力量が多いといっても、無限にあるわけじゃない。

使い続ければ、魔力切れを起こしてしまう。

巨大な魔術を発動させ続けるルシアナが心配になり、声をかける。

「ええ、大丈夫は大丈夫なんですが。正直、少し……いいえ、かなり驚いてますわ」

「本当、なんなのかしらね。あいつは」

レイフェルト姉も、相手がルシアナの魔術を耐えてることが理解できないようだ。

「まぁ、人間でも魔物でもないとするなら、必然と答えは出てますがね」

「……魔族」

リファネル姉さんの言葉に対し、僕はさっきから思ってた言葉がポロリと溢れた。

「その可能性が高いですね。しかも底知れない力を感じます。シルベストを襲った魔族と同等か、それ以上かもしれません」

再生のリバーズル…………魔族の幹部で、どんな攻撃を受けても直ぐに炎とともに再生した強敵。

斬っても斬っても再生する相手に、姉さん達も苦戦してたっけ。

姉さんにあいつと同じか、それ以上に強いと言わせる程の敵…………

「まったくもぅ！　こんな時になんで勇者パーティはいないのよ！　魔族を倒すのはあいつらの仕事でしょ」

レイフェルト姉が地団駄を踏む。

そりゃそうなんだけど、シルベストでの戦いではヘリオスさんとハナさんは魔族にやられてた。

今回も同じくらい強い相手なら、あまり期待はできなかっただろう。

せめて、ファルメイアさんがいてくれたらよかったけど。

「勇者パーティがいようがいまいが、大した問題ではありませんわ。そろそろ疲れてきたので、少し本気を出して終わらせます」

今までのが本気じゃなかったことに驚きだよ、僕は…………

「『圧潰地獄《ヘル・スクイッシュ》』」

ルシアナが魔術名のようなものを口にした瞬間、魔術を耐える敵の左右にまたも、巨大な足が出現した。

それも二本。

新たに現れた足は、敵に追い討ちをかけるように、左右から全てを押し潰さんと迫る。

一本でも何とか堪えてる状態だったのに、それが計三本になったのだ。

ズーーーーーーーーーーーーンッ！！！

立っているのもやっとの揺れが、周囲に広がった。

ルシアナの魔術が消え、そこには大量の魔石が転がっていた。

殆んどの魔物は、ルシアナの魔術で倒せたようだ。

だけど空を飛んでいたドラゴンは何体か魔術を逃れたようで、此方に向かってくる。

そして依然、白いドラゴンは姿を見せない。

騎士団や冒険者の人達は何が起こったのかわからずに混乱していたけど、向かってくるドラゴンを見て、すぐに我に返ったようだ。

ドラゴンを迎え撃とうと、剣と盾を構える。

「レイフェルト姉、リファァネル姉さん!!」

「ええ、わかってますよ」

「私もラゼルにいいとこ見せないとね」

Sランクのドラゴンが複数。

此方もかなりの人数いるから大丈夫かもしれないけど、被害を少しでも減らすために、僕は姉さん達に声をかけた。

姉さん達は僕の意図を汲んでくれて、すぐにドラゴンのもとへと向かっていった。

＊

「お疲れ様、ルシアナ」

「お兄様、私頑張りましたわ」

「そうだね。ルシアナがいなかったら大変だったよ、本当にお疲れ様」

僕は妹の頭を撫でながら、労いの言葉をかけた。

「ふふふ、シルベストに戻ったらキスですよ？　忘れないでくださいね、お兄様」

「…………うん」

ああぁ～、シルベストに帰るのが恐いよぉ……

何で僕は姉と妹にキスしなければならないんだろう……

「「す、すげぇ」」

ドラゴンがいたほうから歓声が聞こえてきた。

どうやら姉さん達が、ドラゴンを瞬殺したようだ。

「さぁ、蜥蜴退治は終わりました。早く帰りましょう」

「結構汚れちゃったし、帰ってお風呂に入りたいわ」

すぐさま姉さん達が、僕のところへ戻ってきた。

「先ほどの魔術は君達が？」

戻ってきた姉さん達を見ながら、ザナトスさんが聞いてきた。

「違っていうか……この子、ルシアナの魔術です」

僕はルシアナの頭にポンと手を乗せながら答える。

「あれを一人で！？？　ドラゴンを速攻で斬り伏せたそこの二人といい……凄まじいな、君達は」

素直に驚いてる感じのザナトスさん。

うん……普通は驚くよね。

姉さん達の強さってちょっとおかしいもんね………

「ラゼル様、それに皆さんお疲れ様です」

後方に下がっていたラナと、ナタリア王女がきた。

「ラナ、怪我とかなかった？」

「はい。皆さんのおかげです」

「ならよかった。女の子なんだし、顔に怪我とかしたら大変だしね」

「もしそうなったら、ラゼル様がお嫁にもらってくださいね」

「ハハハ、僕でよければね」

驚いた、ラナも冗談なんて言うんだね。

「「「えっ！！？？」」」

「え、どうしたの？」

ザナトスさんとナタリア王女以外の皆が、僕を見てる。

姉さん達とルシアナは、何故か冷たい目で僕を見つめ、ラナは何故かわからないけど、顔が赤い。

と、その前にナタリア王女に聞かないといけないことがあったんだ。

「王女様、白いドラゴンはどうなりましたか？」

全部終わったみたいな空気になってるけど、まだ白いドラゴンが残ってるんだよね。

「えっ!?　先ほどの魔術の後から見えなくなったので、既に倒したのかと思ってたのですが」

あれ？　僕が気付いてないだけで、ルシアナの魔術で一緒に潰れたのか？

「う、うわぁーーーっっ!!　助けてくれっ!!」

すっかり油断しきっていた空気の中、騎士団員の悲痛な叫び声が響いた。

まだ魔物の生き残りがいたのかと思い、剣を構える。

が、そこにいたのは魔物ではなく。

「腕!?」

地面から突き出た、赤紫色の太い腕。

その腕は大きく、騎士団員を一度に三人、握り潰した。

握り絞められた拳からは、潰れて絶命したであろう、騎士団員の真っ赤な血が滴っていた。

「ふぅ～……とんでもねぇ魔術だなおい!!　危うく死ぬとこだったぞ!!」

地面から発せられた、野太い声。

次第に土がモコモコとせり上がり、さっきドラゴン達に指示を出していたように見えた巨大な魔族が地中から這い出てきた。

あれだけの威力の魔術を食らってまだ生きてるなんて………この魔族、おかしくないか？

＊

地中から僕達の前に姿を現した魔族。

リバーズルと同じく尻尾が二本、腰の辺りでウネウネと動いている。

人間の何倍もある大きな体。

上半身は裸で分厚い筋肉に覆われた、赤紫色の肌をした巨大な魔族。

それにしたってデカ過ぎる………普通の家くらいの大きさはあるんじゃないか？

「かかれーッッ!!!!」

誰もが突如として地中から這い出た魔族に対し、呆気にとられて動けないでいた中、ザナトスさんが騎士団に指示を出し、自らも盾を構えながら向かっていく。

「ガハハハハッ、相変わらず直ぐ死ぬなぁ、お前ら人間は!!」

握り潰した人間を見て豪快に笑う魔族を、騎士団が取り囲む。

「ワラワラと虫みてぇに湧いてきやがって。――ほらよ、お前らの大事な仲間を返すぜ!!」

「――なっ、貴様ぁッッ!!」

一体どれ程の力を込めればこうなるんだろうか……

挑発するように魔族が手の内にある、潰した人間を見せつけた後で、勢いよく投げつけた。

魔族の投げつけたかつて人間だった肉塊は、騎士団の包囲の一部分を突き破り、そのまま僕達のほうへと勢いそのままですっ飛んできた。

「危ないっ!!」

ラナやナタリア王女を守らなければと、僕は剣を抜き前に出たが………

「させませんわ!!」

それよりも速く、ルシアナの羽織っていたローブが拳の形へと変化して、飛んできた物体を弾いた。

というより、反射的に前に出たはいいけど僕はどうするつもりだったんだろうか。

ルシアナが何とかしてくれてなかったら、間違いなく吹き飛ばされていたと思う………

「ほう。今のを弾くか。さっきの魔術といい、中々に遊びがいのありそうなのがいるな」

囲まれてるのを物ともせず、その巨大な手で騎士団の人達を吹き飛ばしながら、僕達のほうへと迫る魔族。

何てことだろうか。

魔族は羽虫でも払うかのように手を振ってるだけなのに、それだけで、何十何百という人が死んでいく……

騎士団も負けじと剣で斬りつけたり、槍で突いたりしてるんだけど、魔族は微動だにしない。

逆に武器の方が折れたりしている。

どれだけ頑強な体をしてるんだ………

「ちょっと何なのよあいつ、明らかに私達のほうに向かってくるわよ？」

「そうですね。ですが、先程の攻撃でラゼルが危険な目に遭ったのは事実です。許せません、斬り殺しましょう」

リファネル姉さんとレイフェルト姉が、それぞれ戦闘に備え剣を構える。

「ルシアナ、貴女はラゼル達を守るのよ？」

レイフェルト姉の「達」という言葉に僕は安心した。

僕だけじゃなくラナ達のことも、守る範囲に入っているってことだ。

「ええ、お任せを。傷ひとつ負わせませんわ。さぁお兄様、私の後ろにいて下さい」

戦闘に加われない僕は、ルシアナの後ろへとおとなしく下がる。

「ありがとうルシアナ。ラナと王女様も早くこっちに」

こういう場面に出くわす度に思う。

僕にも戦えるだけの力があればと。

「……そ、そんな……騎士団の方々が…………あんなにもあっさりと」

自分の国の兵達が次々と死んで行く現実を前に、目を伏せるナタリア王女。

「ラゼル様、あれはいったい何なのでしょうか？」

「多分魔族だと思う。姉さん達がいうにはシルベストを襲った魔族と同じか、それ以上の強さだって……」

「…………リファネルさんとレイフェルトさんは大丈夫ですよね？」

不安そうな顔で僕を見るラナ。

正直な意見を言わせてもらうと、ルシアナの魔術を耐えた時点で、僕も不安しかない。

きっと今までで一番の強敵だと思う。

「大丈夫だよ。ラナも姉さん達の強さは知ってるでしょ？」

震えながら僕の腕を掴むラナの手を、そっと握り返す。

「ラゼル様……」

「お兄様？　何で手を握る必要があるのですか？　浮気ですか？」

ラナの手を握った途端、ルシアナの魔術によって形成されたローブの腕が、僕とラナの間に入ってきた。

「浮気って……僕達は兄妹だよルシアナ」

「何を仰いますか。私のお兄様への愛の前には、兄妹だとかそんなものは関係ありませんわ!!

それにシルベスト王国に戻ったらキスしてくれると言ったではありませんか!!　それは即ち、

結婚ということですよね!?」

うん、違うね。

そういうことを言うと、ラナに変な目で見られるからやめてほしい。

けど今はそんなことを言い合ってる場合じゃない。

「落ち着いてルシアナ、もうすぐそこまで魔族がきてるってば」

気付けば魔族は既に、姉さん達と相対していた。

僕はラナの微妙な視線を背中に受けながら、姉さん達へと目を向けた。

＊

「怯むなっ!!　攻撃を続けろッッ!!」

ザナトスの指揮のもと、魔族への特攻を続ける騎士団だが、そんなのお構いなしとばかりに、歩みを止めぬ屈強で強大な魔族。

「き、騎士団長……これ以上は無理です。一度撤退することも視野に入れるべきではないかと……」

「撤退だと!?　そんなことが我々に許されるわけないだろ。後ろを見ろ!!　こんな怪物が王国へ入ってみろ、国は終わりだ!!　お前も大切な者の一人や二人はいるだろう、こいつは我々がなんとしてでもここで食い止めねばならん!!」

団員の弱気な発言に、ザナトスが声を尖らす。

だが騎士団が弱気になるのも無理はなかった。

魔族を止めようと数百人でかかっても、一瞬とも言える間に皆命を散らしていくのだ。

もうその攻防が何回も繰り返されていた。

いくら数がいても、このままではいずれ…………

「くッ…………」

食い止めねばとは言ったものの、それを口にしたザナトスにも考えがあるわけではなかった。

次々と死んでいく部下の悲鳴を聞きながら、何とか打開策を思考するがそんなものは浮かんではこなかった。

数で押しても、大規模魔術を放っても効かない。

もうお手上げ状態だ。

そんな時だった。

「騎士団を退かせなさい、無駄死にするだけです」

先程ドラゴンを軽々と屠った女剣士、リファネルの声が響いた。

横にはレイフェルトも立っている。

「……それはできない、私達も共に戦おう」

他国の人間に全てを任せ、自国の騎士団が引き下がる等できる筈がない。

ザナトスは共闘を提案する。

「これだけ簡単に何百という人間が死んでるのよ？　これ以上は意味がないってわかるでしょ？」

レイフェルトが呆れ混じりに言う。

「しかし、この国を守るのが我々の務め。その全てを君達に任せるなど、到底できるわけがない」

この二人ならばとザナトスも思ったが、流石に二人だけを残し、自分達だけが引くという選択肢はなかった。

「――何だッッ!?」

ザナトスがレイフェルトと言葉を交わしてる僅かな間に、魔族を囲む騎士団のほうから戸惑いにも似た何とも言えない声がどよめいた。

「あれでもまだ一緒に戦うっていうのかしら？」

「……信じられん」

そこには片膝を地面についた魔族の姿があり、その眼前には先程まで自分と会話していた筈のリファネルがいた。

リファネルの剣戟を腕で受け止めたのか、少量ではあるがその腕からは血が流れていた。

「わかった。兵を退かせよう」

「それが正解よ」

数百人がかりの攻撃でもビクともしなかった不動の巨体が揺らぎ、僅かとはいえ傷を負わせた。

そんなリファネルを見て、ザナトスは撤退を決めた。

気付いてしまったのだ。

レイフェルトの言うとおり、戦いの邪魔にしかならないと。

「すまない。我々では力不足のようだ、武運を祈る」

二人の女剣士に戦いを任せ、ザナトスの指示で退いていく騎士団と冒険者達。

＊
「騎士団の方々が戻ってきます」

レイフェルトとリファネルの後方で、ルシアナに守られながら戦闘を見ていたラナが口を開く。

今まで魔族を食い止めていた騎士団達が此方に向かって走ってくる。

何が起こったか理解が及ばぬまま、ナタリアは茫然としていた。

余りにも簡単に自国の兵達が死んでいく状況に、思考が停止していたのだった。

「ナタリア王女、こちらに。一度撤退します。ラナ様も早く」

「ザナトス！　しかし、まだ魔族が…………」

戻ってきたザナトスが王女を避難させるべく声をかける。

「申し訳ありません王女。我々では力及ばず…………とにかくここは危険です、一度王国内へ」

「ですが……」

ナタリアもここで引くことがどんな事態を招くかを理解していた。

ここであの魔族を確実に仕留めなければ、一体何人の民が死ぬか。

いや、それどころか国の存続事態が危ういかもしれない。

「大丈夫ですよ、王女様」

「ラゼル様？」

「姉さん達は負けません、絶対に」

王女を納得させるためにその場しのぎで言ったわけではなく、ラゼルはリファネルやレイフェルトに絶対の信頼をおいていた。

昔から今に至るまで、あの二人が負けるような姿は見たことがなかった。

ドラゴンすら一太刀で屠ってみせた。

ここまでくると、姉達が負けることを想像することのほうが難しい。

「そうですよナタリア、ラゼル様のパーティはシルベスト王国でも魔族を撃退してるんです。その強さは私が保証します」

「…………わかりました。退きましょう」

古い付き合いでもはや親友とすら呼べる間柄のラナの言葉に、ナタリアは素直に信じた。

「ラゼル様もこちらに」

「僕は大丈夫だから、ラナは王女様と避難して」

「…………わかりました。ですが、絶対無事で帰って来てくださいね」

最後までラゼルの背を心配そうに見つめながら、ラナ達は王国内へと避難していく。

＊

「おぉ〜、痛てぇ痛てぇ。なんて剣速と威力だ。思わず本気で防御に徹しちまったぜ」

騎士団達が退き、先程よりも静かになった戦場で魔族が口を開いた。

「腕を斬り落とすつもりで斬ったのですが…………随分硬い体ですね」

「ガハハッ!!　残念ながら力が足んなかったようだな、だが俺に膝をつかせたんだ未来永劫誇っていいぜ」

「そうですか、なら次こそは斬り落としてあげましょう」

再び攻撃に転じようと、リファネルが剣を握る手に力を込める。

「いいなお前、他の雑魚共とは強さの次元が違う。これは想像以上に楽しめそうで嬉しいぜ」

「ちょっと、何一対一で戦う雰囲気になってんのよ!?　私もいるの忘れてないかしら？」

すっかりリファネルのことしか眼中にない魔族に、レイフェルトが不満を零す。

「ガハハッ、俺はまとめてかかってきても構わないぜ!!　結果は変わらん」

「私達嘗められてないかしら？　せっかくいいって言ってるし、二人でいくわよ。早くお風呂に入って汚れを落としたいのよ私は」

「そうですね。早くシルベスト王国に戻って、ラゼルにキスしてもらわないといけませんし」

リファネルとレイフェルトがほぼ同時に地面を蹴り、左右から魔族へと斬りかかった。

＊

「ガハハッ、いいぞ、いいぞっ!!　もっとだ、もっとこい!!」

魔族の愉しげな笑い声と、剣を弾く音が響き渡る。

リファネルとレイフェルトの攻撃を腕で弾いているが、ガキンガキンと響くその音は、まるで剣が硬い鉄のようなものに当たってるかのようだった。

「くっ、やはり硬いですね……」

「まったくだわ……どれほどの魔力を籠めればこんな硬度になるのかしら」

「どうした、腕を斬り落とすんだろ？　やってみせろ!!」

常人には捉えることも不可能な二人の猛撃。

さすがの魔族もその全てを受けきることはできず、首筋や胸、至るところを斬られてはいるが、血を流すほどの傷は負わせられていない。

ほとんどがかすり傷のようなものだった。

「さっきは急のことで焦ったが、もう油断はしないぜ。お前達は間違いなく強者だ。もっと俺を楽しませろ!!」

「これは一筋縄じゃいかなそうねぇ。早く帰りたいのに」

「まったくです。まぁ、勝てない相手ではないですが」

魔族の巨体を蹴り、一度距離をとる二人。

「仕方ないわ。あんまり好きな戦い方じゃないけど、地道に削っていきましょ」

一度は距離をとったが、再び魔族のもとへと突っ込むレイフェルト。

だが今回は二人で斬りかかるのではなく、リファネルはその場から動いていなかった。

「ガハッ!!　二人でも駄目なのに、一人で戻ってきてどうする!!」

レイフェルト目掛け、巨大な手が振り下ろされる。

指一本一本が人間と同じくらいの大きさはあるであろう掌。

それに速さが加わり、想像を絶する威力になった攻撃。

魔族にとってはただ力いっぱい掌を叩きつけただけであるが、普通の人間、いや、あらゆる生命体にとってそれは、当たれば必殺の一撃になるであろう。

激しく揺れ、砕ける大地。

「そんな大振りの攻撃、当たるわけないでしょっ!!!!」

当たれば致命傷を免れぬであろう攻撃を更なる速さで躱し、レイフェルトは魔族の懐へと入っていた。

そして腰の剣を握り、抜刀した。

普段ならばすぐに〝カチャン〟という、鞘に剣を収める音が聞こえてくるが、今回は聞こえてこない。

代わりに剣が空を裂く音と、魔族を斬る鈍い音だけが延々と聞こえてくる。

ガキンガキンと、相変わらず魔族の強靭な体は刃を弾く音を響かせるが、

〝ザクッ〟

ある時を境に、音が変わった。

それは間違いなく、レイフェルトの斬撃が魔族へと届いた証だった。

「グッ……、小賢しいぞッ!!」

苦し気な声を漏らした後で、目を見開いた魔族。

眼前に黒い魔力の光が集まっていく。

そして、レイフェルトを排除しようと、漆黒の光線が放たれた。

魔族の真骨頂、魔術。

人間にも使える者はいるが、魔族のと比べると魔力量も威力も劣ってると言わざるを得ないだろう。

「つぶないわねぇ、今よリファネルッ!!」

レイフェルトが魔術をかろうじて避けながら叫ぶ。

「ふふ、上出来ですッ!!」

「あん？」

魔術を放った後の魔族の目の前にはリファネルが立っていた。

無防備な状態の魔族へ、リファネルの剣が振るわれる。

一瞬と言われる間に何度も斬りつけるのがレイフェルトの剣だとするなら、リファネルのは真逆。

一太刀で何もかもを両断する剛剣。

〝ボスンッ〟

地面に何かが落ちた。

あらん限りの魔力を腕に籠め、リファネルの一閃をガードした魔族であったが、その刃は止まることなく、魔族の肘から先の部位を斬り落とした。

「グッ、ガァァッッ……」

落ちた腕の上に、ドクドクと止まらぬ血が滴る。

「何故だ……」

少し前までは難なく弾いていた筈の攻撃。

何故腕を落とされたのか、理解できなかった。

「あんたも馬鹿ねぇ。どれだけ魔力で体を強化してもね、斬ってれば削れて失くなっていくものよ、魔力って」

「その弱ったところを私が斬ったってだけです。それにしても安心しました。シルベストを襲った魔族のように再生したらどうしようかと思いましたが、その様子を見る限り無理そうですね」

腕を強く押さえ出血を止める魔族を見る。

リバーズルに関しては痛覚があるのかさえ謎だったが、この魔族は確実にダメージを受けていた。

「さぁ、もう終わりです。この隙を見逃すほど、私は甘くないので。最後に何か言い残すことはありますか？」

弱りつつある魔族に近づいていくリファネル。

「……言い残すことだと？」

「ええ。敵とはいえ、貴方かなり強かったですよ。私が今まで戦った者のなかでも、間違いなく三本の指に入るでしょう。本当はこんなこと聞く前に止めを刺したいところですが、今回は二対一だったので、せめてもの慈悲です」

「ガハッ、ガハハハハッツ、ガハハハハハハハハハハハハハハッッ！！！！！！！」

盛大に笑う魔族。

その巨体から発せられる声は大きく、ゼル王国へ避難した騎士団達にも聞こえるほどだった。

「…………急にどうしたんですか？　そんなにおかしなことを言ったつもりはないのですが」

「リファネル、ちょっと様子が変よこいつ」

「フゥ、本当によぉ、こんな楽しい気分は何年ぶりだ？　最っ高過ぎるぜ、お前達!!」

突如、魔族の体から溢れでる膨大な魔力。

魔術だろうか、何もない空間にヒビが入りその狭間から剣が出現した。

刀身から柄の部分まで、全てが漆黒の剣。

「ほらぁ、あんたが〝言い残すことはありますか？〟なんて調子に乗ってるから、また変なのが出てきたじゃないの!?」

「ふむ。あの剣、何か嫌な感じがしますね」

「〝ふむ〟じゃないわよ、まったく」

止めを刺すため近付いていた二人だが、ただならぬ雰囲気を感じとり、その場から一時離脱する。

「ガハッ、これを使うのは久しいな」

空間の切れ目に腕を突っ込み、剣を引き抜く。

異変はすぐ現れた。

まず地面に滴っていた血が、魔族の傷口へと吸い寄せられていく。

そして次に、その血を辿るようにして、斬り落とされた腕が魔族の体へと戻っていく。

「……………ねぇ、これって振り出しに戻ったんじゃないかしら？　腕……くっついたんだけど!?」

「ええ、見ればわかります。本当に厄介な種族ですね、魔族とは」

「ふぅ、これほどの深傷を負ったのはいつ以来だろうな。勇者と戦ったのが最後か……」

繋がった腕を握っては開いてを繰り返し、動作確認をする魔族。

魔族が握っている漆黒の剣のおかげなのか、それとも元々そういう体質なのかはわからないが、戦況が振り出しに戻ったのは事実だった。

「次からは斬り落とした部位は細かく斬り刻んだほうがよさそうですね」

「それでも治る可能性もあるわよ。後は首を斬り落とすか、全身をバラバラに斬るかだけど
……………」

「あの強度ではそれも難しそうですね」

「ええ。やっかいだわ、本当に」

リファネルとレイフェルト、二人して面倒臭そうな顔で魔族を見据える。

「おい小娘ども!!　この剣を出したからにはもう手加減はできん。本気も本気、全力で行かせてもらう。せめて少しは楽しませてみせろ」

そこそこの距離をとってるにもかかわらず、魔族の声は大きくはっきりと聞こえた。

「……手加減？」

その言葉に真っ先に反応を示したのはリファネルだった。

「ああ、俺みたいに長生きしてるとな、お前らみたいな強い奴にもそこそこ出会うんだよ。だがなぁ……この剣を使うと、大抵の奴はすぐ死んじまう。だからなるべく使わないようにしてたんだよ、俺は強い奴との戦闘を楽しみてーんだ」

話しながら、二人の方へと近づいていく魔族。

「ふふ、ふふふふっ。レイフェルト、私達どうやら手加減してもらってたらしいですよ？」

「ええ聞いてたわよ。ま、さっきまで片腕斬り落とされてたやつが言っても響かないけれどね」

あくまで二人も余裕な態度を崩さない。

その間も魔族はゆっくりと近づいてくる。

そして一定の距離までくると、魔族がピタリと歩みを止めた。

「それとよ、さっき二対一ってのを気にしてたが、俺はまったく気にしてねぇから大丈夫だ。お前ら人間が何万と束になっても、俺と対等になるなんてことはねぇんだからな」

「そうですか……では、私も少し本気を出させてもらいます」

「ガハハッ、強がりはよせ。どうせすぐばれるぞ？」

リファネルの言葉を鼻で笑う魔族。

「ふふ、強がりなどではありません。戦いを楽しむなんて言ってましたが、油断しないことです。気を抜けば…………すぐに死んでしまいますよ？」

「…………ッ!?」

剣を構えたリファネルの殺気に、一歩後ずさる魔族。

さっきまでと同じように剣を構えただけ。

それだけなのに、リファネルの周囲の空気が一変した。

「あらら？　腰が引けてるわよ、あなた」

魔族はレイフェルトに言われるまで、自分が後ずさっていたことに気づいていなかった。

そう、無意識のうちに引いていたのだ。

自分の十分の一程の大きさにも満たない、人間相手に。

「ガハッ、どうやら本気を出すっていうのも単なる強がりじゃなさそうだな」

「それは自分で確めてみるといいです」

「その頃には、あなたはこの世にいないかもしれないけどね」

「つたくよぉ、どこまで俺を楽しませてくれるんだ、お前達は!!　稀に人間にもこういうのがいるからたまんねぇんだっ!!」

動き出したのは三人ほぼ同時だった。

魔族の持つ漆黒の剣と、レイフェルト、リファァネルの剣が交わった。

＊

「ねぇルシアナ、姉さん達大丈夫だよね？　だいぶ苦戦してるように見えるんだけど」

僕はルシアナの魔術に守られながら、魔族と姉さん達の戦闘を見ていた。

戦いが始まってそこそこの時間が経っている。

攻防が速すぎて何が起こってるかはいまいちわからないけれど、魔族が健在なのはわかる。

苦戦は言い過ぎかもしれないけど、今まで姉さん達とこれだけ長い間戦い続けた敵がいただろうか？

　それもリファネル姉さんとレイフェルト姉、二人で戦ってるのに。

「ん～、確かに結構苦戦してますね。お姉様達もそこそこ本気を出してるようですが、なかなか倒せませんね。私の魔術も防いでましたし、相当強いですわ、あの魔族」

「姉さん達、勝てるよね？」

　ナタリア王女に自信満々で、姉さん達は負けませんなんて言ったけど、やっぱり不安になってくる。

「今のところは問題ないと思います」

　ルシアナにしては、少し引っかかる言い方のような。

「今のところって？」

「いえ、魔族が今手にしてる剣ですが、どういうわけかあれを持った瞬間、斬られた腕が繋がり、身体能力も上がったように思います。他にも何か隠してる可能性もあるかもですわ」

　あの黒い剣か……何か特殊な武器なんだろうか。

　どうしよう、他にも何か隠してたとしたら、姉さん達が危ないんじゃ………

「まぁ、多分大丈夫ですわ。お姉様達が負けるところなんて想像できませんもの」

　それは確かにそうだけど。

　もしものことを考えると怖い。

「……ルシアナ、姉さん達に加勢してあげてよ」

「それは駄目ですわ。私にはお兄様を守るという、命よりも大事な使命があるのですから」

やっぱり駄目か、わかってたけどね。

でも今回は簡単に引き下がるわけにはいかないんだ。

「僕はゼル王国に避難してるから大丈夫だよ。だからお願いだよルシアナ、姉さん達を助けてよ」

「ですが、私はお兄様を守るという使命が……」

「僕なら大丈夫だよ。もう魔物はいない筈だし。お願いだよルシアナ」

ルシアナの小さな手を握り、目を見つめて頼む。

「もう狡いですわお兄様。私がお兄様のお願いを断れるわけないです」

「ありがとう。本当は僕が何とかできたらいいんだけど。頼りない兄でごめんね」

姉さん達が戦ってるこんな状況でも僕は何もできない。

一人でも大丈夫ってところを見せるために依頼を受けたのに、結局何もできない。

本当に自分の弱さが嫌になる。

「そんなこと言わないでください。私はどんなお兄様でも大好きです。愛してますわ」

「……ありがと、ルシアナ。でも無理はしないでね」

「私が行くからにはすぐに終わらせてきますわ。早くシルベストに戻って、お兄様に…………」

ルシアナが僕の唇に視線を向け、「キャッ」とか言いながら顔を赤くしてる。

手を強く握った後で、僕はゼル王国へと走った。

キス…………何とか上手く誤魔化せないかなぁ……。

＊

ガキンッガキンと、剣と剣がぶつかる度に周囲の空気が振動する。

「ガハッ、すげぇ、スゲェぜっお前らっ!!　俺の剣と正面から打ち合える奴が、今の時代に存在していたなんてなっ！！！！」

その巨体からは想像もできないほどの速さで剣を振るう魔族。

「ふふ、私もあなたクラスの敵と刃を交えるのはいつぶりでしょうかねっ!!」

速さではややリファネルとレイフェルトが勝っている。

ただ、魔族の剣を上手く受け流しながらも、その身体を何度も斬りつけてはいるが、魔力で強化されているため致命傷にはならない。

逆にこちらは魔族の攻撃をくらえば、只ではすまない。

「ええ、これだけの敵そうそういないわ。なんだか私も少し楽しくなってきたわ!!」

レイフェルトが戦闘の最中、口角を上げた。

幼い頃からラルク王国という、実力が何より重要視される国で育った二人。

何度も何度も戦場に駆り出され、ひたすら命懸けで戦って生き抜いてきた。

そんな環境で育ったからか、リファネルとレイフェルトもこの魔族と同じく戦うことが嫌いではない。

もちろん無抵抗の人間を斬ったりすることはないが。

「――レイフェルトッ!!」

「わかってるわよ」

何かを察知したのか、一切の油断も許されない打ち合いの最中リファネルが叫んだ。

レイフェルトも気付いていたのか、鞘に剣を収め、距離をとる。

「あ？　なん――グガッッ!?」

直後、リファネルとレイフェルトの間を、目で追えぬ程の超スピードで何かが通り過ぎた。

それは氷の剣だった。

魔族の左肩を貫いてなお勢いは衰えず、魔族を岩壁に磔状態にした。

氷剣は二人との戦闘で弱った部位を、見事に貫いていた。

「何をてこずっているんですか、お姉様方」

二人の近くに、魔術で浮遊してきたルシアナがフワリと着地をきめた。

「……ルシアナ、どうしてここに？」

リファネルのその質問の意図は明白で、なぜラゼルの側を離れたのか、ということだった。

「そうよ!!　あなたはラゼルを守ってなさいって言ったでしょ!?　何でここにいるのよ？　ラゼルに何かあったらどうするのよ!?」

レイフェルトも考えてることは同じだったようで、ルシアナを問い詰める。

「まぁ落ち着いてくださいな、レイフェルト姉様。これはお兄様のお願いなのです」

「ラゼルの!?」

「はい。お姉様方が少々手を焼いてる様子だったので、お兄様は心配して私に加勢して欲しいと」

「なんてことでしょうか……ラゼルに心配させるなんて…………お姉ちゃんにあるまじき失態です」

まだ油断を許されない戦闘の最中だというのに、本気でへこむリファネル。

「私もお姉様達が負けるとは思ってませんが、あれはまともに戦っては時間がかかると思いまして。三人で終わらせてしまいましょう。それとお兄様にはとっておきの護衛をつけてますのでご安心を」

「ならいいけど…………それより、来たわよ」

護衛というルシアナの言葉に無理矢理ではあるが、ひとまずは納得するレイフェルトだったが、その直後、魔族が肩に刺さった氷剣をへし折り、此方へと跳躍してきていた。

「ガハハ、魔力の弱った場所を狙った一撃、見事だ。俺にはわかるぜ、あの大規模魔術もお前の仕業だろう?」

「それがどうかしまして?」

素っ気なく答えるルシアナ。

「加えて今の正確な攻撃。氷剣に籠められた魔力の質。まったく、魔族顔負けの魔力量だぜ」

「勝手に称賛してくれるのはいいんですが、私達は早く終わらせたいんです。お姉様方と私、三人を相手にするんです、肉片すら残らないと思ってくださいな」

「おー、そりゃワクワクするぜ!!　やれるもんならやってみせてくれ!!」

＊

門をくぐり、僕は一人でゼル王国内に戻ってきた。

あの場にいても僕は邪魔にしかならない。

悔しいけど、ここで無事を祈ることしかできない。

「ラゼル様!?　戻ってこられたんですね」

王国内に戻ると、ラナが僕に気付いて声をかけてきた。

「うん。まだ姉さん達は戦ってるけどね」

「そうですか…………」

「それにしても……怪我人の数が凄いね。僕にも何か手伝えることあったら言ってね」

あれだけの人数いた騎士団と冒険者達は、数をかなり減らしていて、生き残った人達も怪我人ばかりだ。

まだ戦えるであろう人達は、ザナトスさんを先頭に入り口で待機している。

「はい、でも今は人手が足りてるようなので、ラゼル様も休んでてください」

何もしないで守られていただけなのに、休んでと言われると何だかバツが悪い。

人が死ぬのを見るのは初めてじゃないし、何回も見たことはある。

けれど、あれだけの数が簡単に命を散らしていくのを目の前で見るのは心が痛む。

あんな巨大な魔族を相手に、死ぬとわかっていても戦わなければならなかった騎士団の人達は、どんな心境だったんだろうか。

「じゃあ少し休ませてもら――」

ラナの言うとおり、邪魔にならないところで休んでようとした時。

衝撃が走った。

何かが上空から降りてきて、家が三軒ほど粉々になり、地面は大きく窪んでいた。

そしてそこには、一体の魔物が。

白いドラゴンが。

「ラ、ラゼル様っ…………どうしてここに…………ドラゴンが……!?」

「……くっ、生きてたのか!?」

間違いない、最初に水晶に映っていた個体だ。

姿を確認できてないから不安だったけど、その不安は的中してしまったようだ。

最悪のタイミングだ…………周りは怪我人だらけ、姉さん達もいない。

「早く姉さ――」

反射的に叫びそうになって、僕は口をつぐんだ。

僕は今、何を言おうとしてたんだ……

姉さん達を呼んで助けてもらう？

こんな時まで何を考えてるんだ僕は。

いつまで姉さん達に助けてもらうつもりなんだよ……

最初に国を出た時は一人でなんとか生きてこうとしてたのに、いつの間にか姉さん達が一緒にいてくれて………

正直どんな敵が現れても、姉さん達が何とかしてくれるって……そう思ってた。

甘えてた。

この依頼を受けたのだって、僕の我が儘だ。

僕がラナの助けになりたいって思ったから。

姉さん達は僕についてきてくれただけ。

でも、実際に戦ってるのは姉さん達だ。

僕は何もしてないし、逆に足を引っ張ってる。

姉さん達はそんなの気にしないって言ってくれるけど………

僕はいつまでこんな生き方をするんだろうか。

きっといつまでもだ。

僕は姉さん達が甘やかしてくれる限り、いつまでも変わらないだろう。

口では姉さん達にベタベタされるのを嫌がって、けど困ったことがあれば結局助けてもらって。甘えて。

でも今、姉さん達はいない。

僕一人で何とかしなきゃなんて、自惚れはない。

幸い、この場にはザナトスさん達もいる。

どこまで力になれるかわからないけど、僕も一緒に戦おう。

*

突如上空から現れた白いドラゴンに、一瞬の静けさの後ゼル王国内はパニックになった。

「な、なんでドラゴンが…………」

「騎士団は何やってんだよっ!!」

「早く逃げねーと、ヤベェぞっ!!」

文句を言いながらも逃げる人、恐怖でその場から動けないでいる人、家の中に立て籠る人。

ほとんどの人々は、初めて目にするであろうドラゴンに動揺を隠せないでいた。

普通に生きてればドラゴンに遭遇する機会なんてないし、無理もない。

戦おうと決意したはいいけれど、正直僕も逃げ出したい気持ちでいっぱいだった。

「動ける者は一般人と怪我人の避難を最優先しろッ!!　ここには私が残る!!」

ザナトスさんの部下に向けての指示は至ってシンプルで、自分以外は逃げろとのことだった。

動ける部下達はまだ戦えると、ザナトスさんに意見してるようだったが、多少の言い合いの後、怪我人や一般人の避難に回った。

「ラナも早く!!　騎士団の人達と一緒に避難を」

「…………ラゼル様はどうするんですか？　まさかとは思いますが…………」

剣を抜いた僕を見て、ラナが不安そうな顔を浮かべる。

「……僕はここに残るよ。残って、ザナトスさんに協力する。どれだけ力になれるかわからないけど。それに姉さん達もまだ戦ってるしね」

「駄目です、殺されてしまいます!!」

僕の腕を強く掴み、強引に避難させようとするラナ。

でも僕はその手を振りほどいた。

「……ラゼル様!?　なんで……」

「ごめんね、ラナ。だけど僕は戦うって決めたんだ。だからいくよ」

多分ラナの言う通り逃げるのが正解なんだろう。

そうすれば多少なりとも生き延びられる。

その間に姉さん達が、魔族を倒してきてくれるかもしれない。

けど来れない可能性だってある。

今姉さん達が戦ってる敵の力は未知数だ。

僕だって、姉さん達が負けるなんて思ってない。

でも、剣聖と呼ばれるリファネル姉さん。

それと同等の力を持つレイフェルト姉。

膨大な魔力を持ち、賢者と呼ばれてるルシアナ。

この三人を相手にして、今現在まで持ちこたえてること自体おかしいんだ。

「ラゼル様……」

「大丈夫だよ、ラナ。僕だってこれでも冒険者なんだ、最悪の事態だって覚悟してるさ」

ラナの不安を少しでも和らげようと、できるだけ笑ってみせた。

「……わかりました。でも絶対に無事で帰ってきてくださいね」

「――エッ!?」

ラナの髪のいい香りがした。

その後で、僕の頬に柔らかな唇の感触が。

「フフ。無事に帰ってこれるおまじないです」

呆気にとられて動けないでいると、ラナは微笑を浮かべて騎士団の人達と一緒に避難していった。

無理して笑ったのか、その顔はまだ不安を拭いきれていなかったけど。

騎士団誘導のもと避難が進んで、気がつくとその場には僕とザナトスさん、そして白いドラゴンだけが残っていた。

ザナトスさんとドラゴンが向かい合っていて、僕はドラゴンの背後に立っていた。

避難が完了するまでの間、ザナトスさんはドラゴンが攻撃を仕掛けてこないか、盾を構えていつでも動けるように警戒していた。

けれど不思議なことに、ドラゴンは一向に動く気配がなかった。

これはチャンスだ。

恐らくドラゴンは、背後にいる僕の存在に気付いていない。

恐怖で震える体を落ち着かせて、ゆっくりと慎重に近づく。

その巨体が目と鼻の先までできた所で、僕は力強く地面を蹴り、背中に飛び乗った。

姉さん達ならともかく、僕の剣がドラゴンに効くとは到底思えない。

頑丈な鱗に弾かれて終わりだろう。

だから、狙うは眼だ。

背後から襲いかかり、鍛えようもない眼を狙う。

卑怯と言われても仕方がないかもだけど、こっちは命懸けなんだ、そんなの気にしてる余裕はない。

ドラゴンが動きを止めてる今しかないんだ。

勢いよく背中を駆け、頭部が見えてきた。

僕は剣を両手で持ち、ドラゴンの眼に向けて突き下ろした。

「ぐッッ……」

もうすぐ、あと少しで剣が眼球に突き刺さるというところで、後頭部に痛みが走った。

その直後、僕は地面に叩きつけられた。

「無事かッ!?」

「はい、何とか」

ザナトスさんの手を借り、立ち上がる。

どうやら僕はドラゴンの尻尾で叩き落とされたようだ。

まぁ、こんな不意打ちで倒せたら苦労はないよね……

「何故皆と避難しなかった!?　命が惜しくないのか!?」

「覚悟は出来てます。僕も一緒に戦います」

再び剣を構え、ドラゴンを見据える。

真正面で相対すると、圧をヒシヒシと感じる。

普通のドラゴンですら震えて動けなかったのに、今目の前にいるのは白いドラゴンだ。

当然恐いし、震えが止まらない。

でもここで動けなきゃ死ぬ。

恐怖に打ち勝つんだ。

「そうか、覚悟は本物か……シルベスト王国は、良い冒険者を応援に寄越してくれた。——では、共に戦うとしよう!!」

ザナトスさんと並び立ち、ドラゴンへ剣を向ける。

役者不足なのは百も承知だ。

でも僕はもう戦うって決めたんだ、今更逃げることはできないし、逃げるつもりもない。

「飛ばれると厄介だ、阻止するぞ」

「はい!!」

飛翔しようと、翼を広げるドラゴン。

その翼を狙い、ザナトスさんと共に駆ける。

一撃でも食らえば即死してもおかしくない攻撃を警戒しつつ、ドラゴンの懐へと入ろうとしてすぐに、激しい風が吹き荒れた。

それはドラゴンが翼をはばたかせたことにより生じた突風だった。

幼い頃、嵐の日に興味本位で外に出た時のことを思い出した。

あの時は自然の理不尽さに、ただただ恐怖したのを覚えている。

僕とザナトスさんはその風圧で、留まることも敵わず吹き飛ばされてしまった。

「くっ……何という風圧だ、これでは近付けん」

「ザナトスさん、ブレスがきますッ！！！」

吹き飛ばされてすぐにドラゴンのほうに向き直ると、ブレスを放とうと、口を此方に向けている。

「こっちにくるんだ!!」

急いで盾を構えたザナトスさんのもとに飛び込む。

そしてブレスが放たれる直前、空から声が聞こえた。

「――ドラゴンは、皆殺しだぁッッ！！！」

声と同時に、飛んでいるドラゴンの更に上空からクラーガさんが降りてきた。

クラーガさんはそのままドラゴンの頭を踏みつけ、地面に蹴り落とした。

間一髪助かったけど、怪我は大丈夫なんだろうか…………

生きるか死ぬかレベルの酷い状態だった気がするけど。

「よっと」

地面に蹴り落としたドラゴンをそのまま足蹴にして、僕とザナトスさんの方へと着地を決めたクラーガさん。

「クラーガさん!?　どうしてここに……ていうか怪我は大丈夫なんですか！！？」

「大丈夫……とは言えねーが、何とか動けるくらいまでは回復したぜ。ラゼル、お前のポーションがなかったら危なかったぞ、ありがとな」

そう言って、僕を抱き寄せるクラーガさん。

僕の顔に、微かに柔らかい感触が…………

「あの、クラーガさん…………言いづらいんですけど、その、胸が……当たってます……」

「っとと、悪い悪い。いつもはさらしを巻いてるんだがな。怪我の治療で解かれてたみたいだ」

胸が当たったことなんて気にした様子もなく、抱き寄せていた手を離す。

「なんだぁ、ラゼル。顔が赤いぞ？　もしかして照れてんのか？　可愛い顔してても、しっかり男なんだな」

「てっ、照れてなんていませんよ!!　少し驚いただけです」

慌てて否定する。

姉さん達に毎日のように抱きつかれて、多少女性に対して耐性があると思ってたけど、全然ダメだ。

自分でも顔が赤くなってるのがわかる。

家族である姉さん達はともかく、クラーガさんはついこの前会ったばかりだ。

そんな人の胸が顔に当たれば、赤くもなるよ……

「そりゃそうか。ラゼルも俺が女とは思わなかっただろ？　まぁ、あえてそういう風に振る舞ってるんだがな」

何か理由があるのかはわからないけど、やっぱり意識して男っぽくしてたのか。

言葉使いとか服装は男だもんね。

「クラーガさんが女性なのは姉さん達に教えてもらってました。教えてもらうまでは男性だと勘違いしてましたけど。だから急に抱き寄せられて驚いたんです」

でもいくら服装や言葉使いで取り繕っても、顔や肌が綺麗過ぎる。まつ毛も長いし。

勘のいい人にはすぐバレちゃいそうだけど。

「ハハハ、……そうか」

なぜか少しだけ嬉しそうに笑うクラーガさん。

「クラーガ君、正直に聞く。どこまで戦えそうだ？」

地面に伏せたまま動かないドラゴンを見張りながら、ザナトスさんが聞く。

「そうだな……せっかく来たはいいが、正直な話そんなに長くは持たない。できれば長引かせないで終わらせたいところだが――」

「ああ、だがそんなことを許してくれる相手でもない。何か策はあるか？」

さっきの攻撃で傷口が開いてしまったのか、クラーガさんのお腹の包帯には血が滲んでいた。

「ないこともないが――」

――ギゥォォォオオオオオオオッッ！！！！

話してる最中、ドラゴンが耳が痛くなるほどの咆哮と共に動き始めた。

そして、血走った眼で此方に向けブレスを放った。

「クッ！！！」

咄嗟にザナトスさんが僕とクラーガさんの前に出て、盾を構えた。

激しく衝突する、盾とブレス。

「グッ、防ぎきれんッッ！！！」

僕達はブレスに圧され、盾ごと吹き飛ばされてしまった。

本当ならばこれで終わりだった。

ブレスによって僕達は、跡形も失くなっていたに違いない。

けれど最後の最後、ザナトスさんがなんとかブレスの軌道を変えたことによって、僕達は助かった。

ブレスは雲を突き破り、空に大穴を開けた。

「はは、ナイスガッツだぜ、ザナトスのおっさん。ラゼル、無事か？」

「はい、ザナトスさんのお陰でなんとか」

「今回は奇跡的に防げたが、またあれがきたらもう防げないぞ」

そう言いつつ、ザナトスさんは持っていた盾を投げ捨てた。

見ると盾は歪な形に変形して、ボロボロになっていた。

確かにこれじゃ使い物にならない。

というよりも、よくあの灼熱のブレスを一発でも防いだと言うべきか。

白いドラゴンのブレスは普通のドラゴンよりも明らかに桁違いの威力を誇っているのに。

「ラゼル、おっさん。ほんの少しでいい、時間を稼げるか？」

「何か考えがあるんですか？」

「ああ。けど俺の魔力量的にチャンスは一回しかない。しくじったらその時点で終わりだ。そうなったらもうあいつを倒す手段はない」

「私とラゼル君ではドラゴンに致命傷を与えるのは難しい。君に賭けよう。何をすればいい？」

「あいつを今いる場所から動かないように留めてほしい。そして俺が合図したら、その場から直ぐに離れてくれ、巻き添えを食うからな」

言ってることは単純だけど、実際にそれを実行するのは難しいんじゃないかと言わざるを得ない。

相手がドラゴンでさえなければ何とかなりそうな気もするけど………

だけどザナトスさんの言った通り、ドラゴンにダメージを与えられるのはこの三人のなかじゃ、一番クラーガさんが現実的なのも事実だし………

結果がどう転ぶかわからないけど、やるしかない。

どのみちここでドラゴンを倒せなければ、大勢の人達が死ぬ。

だったら少しでも可能性のあるほうに賭けるべきだと思う。

「かなり危険なことをさせようとしてるのはわかってる。だからこれはひとつの案として考えてくれればいい。二人で決めてくれ。でも時間はそうないぞ、ブレスを放った直後の今は絶好のチャンスなんだ。あいつらは連続でブレスを撃てない」

クラーガさんは不自然に汗をかいていた。

包帯に滲む血はさっきよりも広がっている。

相当無理をしてるのは、誰の目から見ても明らかだ。

「私はその案に乗ろう。他国の君達が命懸けで戦ってくれてるのだ、ここで私が退いたとあっては国に顔向けできん」

「僕もやります。役に立つかはわかりませんが、全力で頑張ります」

足止めなら僕みたいなのでも、いないよりはマシな筈だ。

「そうか…………なら俺は行かせてもらう。――死なないでくれよ、二人とも」

僕とザナトスさんに短く言葉を残し、クラーガさんは空に向かって勢いよく跳んだ。

「え!?　あれはいったい……」

何をするのかと思って見てると、クラーガさんは宙で見えない何かを足場にして、空を駆け上がってく。

そこに見えない階段でもあるのかと錯覚してしまったが、どんなに目を凝らして見ても何もない。

昨日のドラゴンとの戦闘時にも似たようなことをしてたけど、どうやってるんだろうか。

クラーガさんはすぐに、視認できないほど遠くに行ってしまった。

「なるほど……クラーガ君も魔術師だったのか」

「魔術……」

確かにああいった現象は、魔術以外では説明がつかないけど……

本当に魔術って何でもありだよね……

「さぁ、後はクラーガ君を信じて、我々は命懸けの時間稼ぎと行こうか」

「はい！」

僕達は血走った眼で此方に動き出そうとするドラゴンに向かって駆けた。

ドラゴンをあの場所で食い止めるのが僕達の仕事だ。あちらが動き出すよりも早くこっちから近付いていかなければ意味がない。

傍から見たらただの自殺志願者だよね、これ。

「ラゼル君、まずは私が行く。一人ずつのほうが確実に時間を稼げる。私が駄目になった時は頼んだぞ」

一緒に走り出したのに、ザナトスさんは僕をどんどんと引き離していって、すぐにドラゴンのもとへとたどり着いてしまった。

きっとザナトスさんは僕がそんなに強くないことを見抜いていて、なるべく巻き込まないようにしてくれたんだろう。

悔しいけどここは言うとおりにしよう。

僕は一定の距離を保って、ザナトスさんが倒れた時にいつでも動けるように目で動きを追っていた。

「仲間の仇だ！！！！」

盾のイメージが強かったザナトスさんだけど、剣の腕も相当だ。

上手く攻撃を避けつつ、反撃もできてる。

流石は騎士団を率いてる人だ。

けどドラゴンの硬い鱗は、その剣撃を軽々と弾く。

今のところダメージは与えられていなさそうだ。

でもこれでいいんだ。僕達の役割はとにかく時間を稼いで、クラーガさんを待つこと。

＊

ザナトスさんの攻防が続き、僕の出番なんてなくて、このままザナトスさん一人で十分なんじゃないかと思い始めていた頃だった。

「――ザナトスさんッ!!」

地面に転がる瓦礫か何かに足を取られ、僅かに体勢を崩したところにドラゴンの尻尾がモロに命中してしまった。

「グハッッ……」

その攻撃によって、僕のところまで吹き飛ばされてきたザナトスさん。

「大丈夫ですか!?」

急いで抱え起こす。

口からは黒みがかった血が……

「ああ、大丈夫だ。すぐに、戻、る……」

吐血しながらも立ち上がり、再びドラゴンのもとへと戻ろうとするが、足取りはおぼつかない。

「ザナトスさんはここにいて下さい、後は僕が!!」

「待つん、だ。私はまだ戦え、る」

ザナトスさんを無視して僕は走った、ドラゴンのもとへ。

二人共ここにいたら、すぐにドラゴンが此方へと向かってくる。

僕が行くしかない。

「来い!!　僕が相手だ!!」

少しでも注意を引き付けるため、わざと大声で叫ぶ。

何とかして時間を稼ぐんだ。

「さぁ、かかってこ――」

全神経を避けることに注いで、相手の動きを見ていたけど駄目だった。

何かが迫ってきてるのはわかったけど、避けることは敵わず、僕はザナトスさんの近くへと吹っ飛んでいた。

「くっ、痛ったぁ……」

奇跡的に当たりどころがよかったのか、まだ動ける。

ザナトスさんはよくあんな速い攻撃を避けてたよね……

すごいや。

「もう止すんだラゼル君」

もうまともに立つのも厳しいのだろう。剣を支えに立つザナトスさんが僕を止めた。

「大丈夫です、もうすぐクラーガさんがきます。後少し耐えれば、きっと」

「その前に、君が死ぬことになるぞ!?」

僕はまたザナトスさんを無視して、走り出した。

早くドラゴンのところへ向かわないと。

再びドラゴンと相対する。

もっと集中して動きを見るんだ。

速すぎて見えないなら、動く前の僅かな動作を感じとれ。

『右に跳んで』

目を凝らし、ドラゴンの尻尾が僅かに揺れるのを感じた時。ふと、頭の中に声が響いた。

一瞬迷ったけど、僕は声に従い右に跳んだ。

結果的にそれは正解だった。

僕のいた場所は、ドラゴンの尻尾で潰されていた。

あ、危なかった……あのままだったら死んでたよ。

「いったい誰が……？」

周囲を見渡しても、誰もいない。

何だったんだあの声は……

声の質的に女の人っぽかったけど。

「誰かわかりませんが、ありがとうございます」

謎の声にお礼を言い、ドラゴンを見る。

『一歩下がって、すぐにジャンプして』

また聞こえる不思議な声。

今度は迷わず声に従う。

一歩下がると、そこをドラゴンの爪がスレスレで通過していく。

すぐにジャンプすると、その下を尻尾が。

「す、凄い。何なんですかこれ？　魔術？」

姿は見えないけど、近くに誰かがいるのは間違いない。

僕は気付けばその〝誰か〟に話しかけていた。

『今はそんなことといいの。またすぐに攻撃がくる』

「はい!!」

何が起こってるのかはわからないけど、この声が僕を助けてくれたのは事実だ。

難しいことは考えないで、今は耳に神経を集中して攻撃を避けることだけ考えよう。

＊

『右』『右』『半歩下がって左に飛んで』『左』『右』

それからも声の指示に従うことによって、僕は攻撃を避け続けることに成功していた。

その声はまるで未来を予知してるかの如く、ドラゴンの動きを見事に読みきっていた。

「――よく頑張った！　その場から離れろぉぉッッ！！！！！！」

そしてついに、待ちに待った合図がきた。

頭に響く声に集中していたからか、クラーガさんの声はかなり大きく感じた。

僕はドラゴンに背を向け、全力でザナトスさんのほうへ走った。

走ってる最中、後ろでとんでもない音が響いた。

それは地面が砕ける音だった。

振り返るとそこにはドラゴンの姿もクラーガさんの姿もなく、地面にぽっかりと大きな穴が開いていた。

さっきクラーガさんがドラゴンを地面に叩きつけた時もかなり窪んでたけど、今回のはそんなレベルじゃなかった。

覗き込んでも底が見えないほどの深さまで、地面が抉れていた。

「……クラーガさん？」

大穴を前に問いかける。

まさかドラゴンと相討ちなんてこと、ないよね？

「クラーガさん!!」

再び大声で呼んでみる。

「そんな大きな声出さねーでも聞こえてるって」

さっき空を駆け上がった魔術と同じ要領で、地面に開いた穴からクラーガさんが上がってきた。

「クラーガさん！！！！」

僕は嬉しさのあまり、クラーガさんに抱きついていた。

「おいおい、落ち着けってラゼル。……それにいいのか？」

「はい？」

何のことだろうか？

「胸が頬にガッツリ当たってるぜ？」

少し意地悪く笑うクラーガさん。

「あ、す、すみません！」

僕としたことが取り乱しちゃったよ。

こんなところ、姉さん達に見られてたら大変だったね。

「気にするな、そんなことより疲れた。暫く動けそうにないぜ」

「本当にお疲れ様です」

「ハハ、よせよ。ラゼルとザナトスのおっさんがいたから成功したんだ。これは俺達三人の勝利だぜ」

「君達がいてくれて本当に助かった、ありがとう。ラゼル君、クラーガ君」

剣を地面に刺しながら、よろよろと此方へ歩くザナトスさん。

「ハハハ、ボロボロだなおっさん」

「ふ、君も相当だぞ」

二人とも普通の人なら立っていられないくらいの傷だ。

早く治療しないと。

『まだ終わってない』

「――――えッッ!?」

ひとまずの危機を乗り越えて安心しきっていた僕の頭に、またあの声が聞こえてきた。

終わってないってどういうことだ？

まさか姉さん達が負けて、あの魔族が此方に向かってるとか？

「いやいや、見事な一撃でしたよ。敵ながら天晴れです」

穴の底から手をパチパチと叩きながら、そいつは上がってきた。

＊

クラーガさんが地面に開けた大穴から、フワフワと宙に浮きながら何者かが上がってきた。

「……誰だてめぇ!?　俺の目がおかしくなってなけりゃ、その穴から出てきたように見えたが？」

もちろんクラーガさんの目は正常だ。

僕もザナトスさんも、こいつがその穴から上がってきたのを確認している。

「誰だとは悲しいことを言いますねぇ、今さっきまで死闘を繰り広げていた仲じゃないですか」

「訳わかんねぇこと言うなよ、俺達が今まで戦っていたのはドラゴンだ！」

意味のわからないことをいう相手に、クラーガさんが語気を強める。

「ですから、私が先ほどまであなた方と戦っていたドラゴンだと言ってるのです」

「あ？　本当に何言ってんだてめぇ……」

「クラーガさん！　もしかしたらですけどあいつの言ってることは嘘じゃないかもしれません。あいつは魔族です」

僕はあいつが穴から出てきた瞬間から気付いていた。

あの紫がかった皮膚の色に、二つに分かれた尻尾。

間違いなく魔族だ。

「僕と姉さん達は他の魔族とも戦ったことがあります。そいつは斬られてバラバラになっても再生する、とんでもないやつでした。ドラゴンに姿を変える魔族がいても不思議じゃないです」

シルベスト王国を襲った魔族、リバーズルを思い出す。

あんなのがいるんだ、どんなやつがいてもおかしくはない。

それにあいつの言ってることがもしデタラメだったとしても、敵であることは間違いないんだから。

「今は敵の言うことが本当でも嘘でもどっちでもいい、問題はどう対処するかだ」

魔族を見据えるも、剣を構えることすらできないほどの重傷を負っているザナトスさんが敵を睨む。

「はっ、どうするも何も戦うしかねーだろうが！　このまま黙って帰ってくれるわけもねーしよ」

こんな状況でも弱気にならないクラーガさん。流石Sランク冒険者と言う他ない。

でもそんな態度とは逆に、クラーガさんの腹部からは血がポタポタと滴り始めていた。

さっきの一撃で完璧に傷が開いたんだ……

このままじゃ血の流し過ぎで命が危ない。

「まぁそう身構えないでください。いきなり襲いかかったりはしません。まずはあなた方に敬意を表し、自己紹介させてください」

そう言いつつ、宙に浮きながら此方へと近付いてくる。

「私は魔王様の側近、ベネベルバと申します」

礼儀正しい言葉遣いで頭を下げる、執事服の様なものを着たベネベルバと名乗る魔族の男。

その丁寧な姿勢に、もしかしたら話が通じるんじゃないかとも思ってしまった。

「俺達はてめぇに名乗る名前なんてないぜ、こんなに滅茶苦茶に暴れといて、今更ふざけんじゃねぇっ!!」

クラーガさんの言葉でハッと我にかえる。

そうだった、忘れちゃいけない。

もうこいつらのせいで何人も死んでるんだ。

今更、話し合いなんてありえない。

「いいのですよ、これは私の自己満足なので。ではでは——終わりにしましょう」

『伏せてッッ!!』

僕の頭に、さっきまでの単調な声とは違う、何て言うか焦ったような、感情の籠った声が聞こえた。

「クラーガさん、ザナトスさん、伏せて下さい！！！」

僕は聞こえてきた言葉をそのまま二人に伝えた。

そして、伏せた僕の頭上を巨大な何かが通過した。

「……ぐッッ!!」

「クソッッッ!!」

聞こえてきたのはザナトスさんとクラーガさんの、苦しげな声だった。

血を撒き散らしながら、宙を舞う二人。

そしてグシャっという音と共に、地面に落ちた。

く、怪我のせいで反応が一瞬遅れたんだ。

「ほぉ、三人まとめて苦しまずに殺してあげようと思ったのですが………さっきも感じてましたが、中々勘の鋭い子ですね」

「その腕は……」

ベネベルバの方を向き直り、僕達を攻撃したものの正体がわかった。

それは腕だった。

右手だけがドラゴンの巨大な腕に変化している。

「ドラゴンに姿を変えられるのです、部分的に変化できても不思議ではないでしょう？」

倒れた二人を見るが、ピクリとも動かない。

今すぐザナトスさんとクラーガさんのもとへと駆けつけたいけど、少しでも気を抜けば今度は僕がやられてしまう。

今はとにかくこいつを二人から引き離して、僕が時間を稼ぐしかない。

「何で人間の国に攻めてきたんだ……」

昔から人間と争っていたけど、暫くは大人しくしていた筈。

何故このタイミングできたのか。

「そうですね、準備が整いつつあるとでもいいましょうか」

「……準備!?」

「ええ、そうですとも。人間と再び戦う準備がね。まず手始めにこっちの大陸に拠点が欲しいと思いましてね、手頃な大きさのこの国を選んだんですが………ここまで手こずるとは思ってませんでしたよ」

もしこいつの言うことが本当なら、昔読んだ勇者の物語のように、再び大きな争いが起ころうとしてるのかもしれない。

これから世界はどうなってしまうんだろうっていう心配はある。

でも今はこの場を生き延びないと。

頭に響く声のお陰で、何とか攻撃を避けることはできる。

でも避けるだけだ、反撃する余裕はない。

仮に反撃できたとして、僕の攻撃が効くかどうか……。

『下がって!!』

声に従い、急いで下がる。

額を爪が掠めた。

「つ痛……」

軽く掠めただけなのに、僕の額はザックリと切れて、血が顔に流れる。

『油断しないで、私の声に集中するの』

「はい、わかってます」

相変わらず姿は見えないけど、声は聞こえる。

「おや、誰と話してるんですか？　この危機的状況に気でも狂いましたか？」

「お前には関係ない」

まぁ魔族から見たら、僕が独り言を言ってるようにしか見えないよね……

「いいですね、こんな窮地に陥っても目が死んでない。君のような相手とはもう少し遊んでいたいところですが、あちらの戦闘も気になるので終わりにしましょう」

『来る!!　集中して』

「はい！」

＊

あれから終わりにすると言った言葉の通り、ベネベルバの猛攻が始まった。

「本当に大したものです、よく避けますね」

右手どころか、足、左手、時には尻尾さえもドラゴンへと変化させて、僕を殺そうと攻めてきた。

「……ハァ、ハァ…………」

でもそろそろ体力が持たない。

だいぶ息も上がってきた。

僕はここまでかもしれない。

『諦めないで、集中するの』

「は…い」

『来る！　跳んだ後に思いっきり後ろに下がって』

跳んで尻尾を躱し、後ろに下がる。

――が、勢いが足りなかったのかドラゴンの左手の爪が、僕の右の太腿を容赦なく抉った。

「ぁあああッッ……!!」

今までで一番の痛みが僕を襲った。

僕はそのまま近くの馬小屋へと吹き飛ばされる。

もう駄目だ……声のお陰でかろうじて避けられていたけど、この足じゃ…………

痛みで立ち上がることができず、伏せたままの状態で此方に近付く魔族を見る。

ああ、後少しでここにつく。

そしたら終わりだ。

自分なりに頑張ったつもりだったけど、駄目だったなぁ……

「ここまでよく耐えましたが……終わりです」

国を追放されてから、何回か死にそうになってるけど、今回は本当に駄目そうだな……

「では、さよなら」

ドラゴンの腕に変化した右手が振り下ろされると同時に、僕は顔を伏せた。

――仕方ない。「今回は私が助ける」

死を覚悟した直後、声が聞こえてきた。

この声は……さっきまで僕を助けてくれていた声。

でもさっきと違うのは、途中から頭に響く感じじゃなくて、普通に聞こえてきた。

「――なッッ!?」

少し焦り気味の声が聞こえた後、ベネベルバは馬小屋の外にすっ飛んだ。

「いったい何が……？」

顔を上げると、そこには少女が立っていた。

地面に着きそうなくらいの長い金色の髪。

どこかルシアナに似た雰囲気を持つ少女だった。

この子が助けてくれたのか？

いったい何者なんだ？

「ラゼル、よく頑張った。後は任せて」

どうして名前を知ってるんだろう。

僕の頭をポンポンと撫でると、馬小屋から出て行く。

ベネベルバのところへ向かうのだろうか。

少し遅れて、僕も足を引きずりながら後を追う。

外に出ると、少女と魔族が相対していた。

驚くべきことに、ベネベルバの体は傷だらけだった。

「……おかしいですね、別の次元を生きる筈のあなたが、何故人間の肩を持つのですか？」

「人間の味方をしたわけじゃない。ラゼルの味方をしただけ」

別の次元？　人間の味方？　あの子は人間じゃないのか⁉

駄目だ、今何が起こってるのか全然わからない………

「ほぉ。理由はわかりませんが、その人間のことを相当気にいってるようですね」

今まで僕を助けてくれていた少女に話しかけながらも、目線をチラチラと僕のほうへ向ける魔族。

「別に…………ちょっと興味があるだけ」

少女は表情を変えずに答えた。

「そうですか。少し興味がある程度ならば、退くことをおすすめしますよ。この国はこれより我々魔族の拠点となるのですから」

「あなた達こそ退くことを勧める。あっちで戦ってる仲間も苦戦してる」

少女はベネベルバの後ろ、門の外で戦闘中であろう姉さん達の方向を指差す。

「確かに、魔王様にしては少々時間が掛かり過ぎな気はしますが…………まぁ、いつもの悪い癖で戦いを楽しんでるのでしょう」

ん!? 今、魔王って言わなかった？

聞き間違いじゃないよね？

ヤバい……ますます頭がこんがらがってきたよ。

魔王がどれだけ強いかは、勇者の物語で何度も読んだ。

でもその時の魔王は、初代勇者パーティに倒された。

今現在の魔王を名乗る魔族がどれだけの強さかはわからないけど、相手が本当に魔王だとするなら姉さん達の苦戦も納得できる。

「一つ忠告する。今あなたの仲間が戦ってる三人の人間は、普通じゃない」

「ふ、あなたにそこまで言わせる人間とは……私も興味が湧いてきました。では、あなたとその人間を排除した後で様子を見に行くとしましょうか」

そう言って、今度は全身を白いドラゴンの姿へと変えたベネベルバ。

――そしてすぐに、灼熱のブレスが放たれた。

「ラゼル、私を信じて」

「えっ!?」

いつの間にか僕の目の前にまで移動してきていた少女はそう言った直後、姿が薄れていき淡い光と共に消えてしまった。

ブレスはすぐ近くまで迫ってきている。

「どうすれば……」

『斬って』

再び先ほどと同じように、少女の声が頭に響いた。

「……無理だよ、あんなの斬れるわけないよ。僕は姉さん達とは違うんだ」

リファネル姉さんならばこのブレスを斬り裂いたかもしれない。レイフェルト姉とルシアナだってきっと何とかしてしまうんだろう。

でも僕にはそんな実力はないんだ……白いドラゴンのブレスをどうにかできるわけがないよ。

『大丈夫。私を信じて。剣を振るの。早くしないと間に合わなくなる』

選択肢は限られていた。

このまま何もせずにブレスで消滅するか、少女の言葉を信じるか。

「――ッッッだぁぁぁ!!」

なら最後まで足掻いてやる！

抉れた右足の痛みを堪えながら、僕は持てる全ての力を振り絞って、剣を振った。

何とかなるなんて思ってやったわけじゃない。

無力な僕の、最後の抵抗。そんな気持ちで剣を振りきった。

その直後、ありえないことが起こった。

夢でも見てるようだった。

僕が剣を振ると光の渦のような、わけのわからないものが出現して、ブレスを呑み込んでいく。

「なッッ……！！？」

ブレスを呑み込み、勢いを更に増した光の渦は、ドラゴン状態のベネベルバを直撃した。

ベネベルバは光の渦の中でボロボロになりながら、門の向こう側へと吹き飛んでいった。

何が起こったんだ？

「今のを……僕が!?」

とても信じられなかった。

僕の実力は僕が一番わかってる。

「そう。私の力をラゼルに混ぜた」

「うわっ、ビックリした!!」

再び少女が僕の前に現れた。

さっきの一撃といい、頭に響いた回避の声といい、この少女はいったい何者なんだろう……

「混ぜたってどういうこと？」

「簡単に言えば、私がラゼルの体に憑依した。二人の力」

憑依って…………ベネベルバも別の次元がどうのとか言ってたし、本当に人間じゃないのかな……

「何が起こったかはわからないけど、君が僕を助けてくれたのはわかるよ、ありがとう」

「……セロル」

「ん!?」

「私の名前」

「そっか。ありがとう、セロル。僕の名前は——ってそういえば何で僕の名前知ってたの？」

さっきから当たり前のように僕の名前を呼んでいたけど、名乗った記憶はないし、今日が初対面なはずだけど。

「ずっと見てたから。だからわかるの」

ん～……答えになってないような気がするけど、今はいいか。

それよりもクラーガさんとザナトスさんが心配だ。

僕は二人のところへ、急いだ。

足を怪我して上手く歩けない僕を見て、途中セロルが肩を貸してくれた。

「これは酷い……」

二人はかろうじて息はしていたけど既に意識がなく、全身ボロボロだった。

生きてるのが奇跡、それくらいの傷を負っていた。

「どうすれば……ポーションはもうないし……」

せっかく危機を乗り切ったのに、このままじゃ二人が死んじゃうよ……

「——騎士団長⁉」

声が聞こえ振り向くと、そこには騎士団の人が二人立っていた。

「君、何があったんだ、ドラゴンは何処に⁉」

「ドラゴンは何とか撃退しました、でもその際に二人が攻撃を受けてしまって」

「成る程。——おい、急いで運び出すんだ。絶対に死なせるな」

本当に良かった。

これで安心、とは言いきれないけど、後は二人の生命力にかけるしかない。

「さぁ、君も一緒にくるんだ」

「いえ、僕は大丈夫です。それよりも二人を早く治療してあげて下さい、お願いします」

戻ってきた騎士団の人は二人。

それぞれがザナトスさんとクラーガさんを運ぶとして、足を怪我してる僕のペースに合わせてたら治療が遅れてしまう。

「……わかった、すぐに戻ってくるからここで安静にしててくれ」

僕の足の怪我を見て察してくれたのか、騎士団の人達はザナトスさんとクラーガさんを背負い、急ぎ気味に戻っていった。

「ふぅ…………もうクタクタだよ」

立ってるのも辛くなってきたので、壊れた家屋を背に座りこむ。

「ラゼル、大丈夫？」

セロルが聞いてくる。

顔には出さないけど、何となく心配してくれてるのかなっていうのは伝わってくる。

「少し痛むけど大丈夫だよ」

声だけ聞こえてた時は敬語で喋ってたけど、その幼い容姿を見てからは普通に喋ってた。

ルシアナくらいの年齢だろうし大丈夫だよね？

色々考えたいことはある。

さっきの攻撃でベネベルバを倒すことはできたのか、セロルは何者なのか、姉さん達の相手は本当に魔王なのか。

でも体中痛くて、考えるのも億劫だ。

今は姉さん達が無事に戻ってくるのを、ここで待とう。

＊

――ゼル王国の門の外。

無限に降り注ぐ火の雨、剣を交える度に揺れ、壊れる大地。

ラゼル達が必死で戦ってる最中、こちらでも異次元の死闘が繰り広げられていた。

ルシアナがあらゆる魔術を駆使して、魔族の強化された体を徐々にだが確実に削っていき、その合間を縫ってレイフェルトとリファネルが弱った部位を斬り込む。

今までの敵と違い、一度で致命傷を与えるのは困難と判断した三人は、こうした一見地味とも見える戦い方に転じざるを得なかった。

「あああもうっ!!　本っ当に嫌な相手ねッ!!」

レイフェルトが苛立ち混じりに声を上げた。

「ええ、ですがだんだん終わりが見えてきました。それよりもルシアナ、さっきからゼル王国のほうが騒がしいですが、本当にラゼルは大丈夫なのですか？」

ゼル王国内で何かが起こってることを、リファネルは感じ取っていた。

ラゼルを何より大事に思うリファネルは、彼方が気になって仕方なかった。

本当ならこの場は二人に任せて、自分だけでもラゼルのもとへと行きたいところだが、ルシアナがさっき言っていた通り三人で戦ったほうが早く終わる。

一対一で戦うには時間が掛かりすぎる敵だった。

「安心してくださいな。少しムカつくところもありますが、実力は確かな護衛をつけましたので」

「……ならいいのですが」

賢者とまで呼ばれる妹の言葉を聞いて、無理矢理自分を納得させるリファネル。

妹の力を信じていないわけではなく、自らの目でラゼルの無事を確認するまでは気が気ではないのだ。

「ガーッハッハッハッ!!　楽しくなってきなぁ、オイッ!!」

魔力で強化して鉄壁を誇っていた魔族の体だが、先ほどからルシアナの魔術、リファネルとレイフェルトの斬撃を受け続け、あちこちから血が流れ出ていた。

だがそれでいてなお、不敵に楽しそうに笑う魔族。

「だがぼちぼち終らせるぞ！　まずは一番厄介な魔術師、お前をすり潰すッ!!」

魔術で創られた火の雨を全身に浴びながらも、漆黒の剣でルシアナへと斬り掛かる。

「フン、やってみろですわ」

だがそれでもルシアナに焦った様子はない。

『空ノ地獄《ヘル・スカイ》』!!」

「――なッッ、んだこれは!?」

それはまさに天変地異クラスの魔術だった。

魔族の下の地面が広範囲でせり上がり、巨大な体を持つ魔族を見えなくなるほどの高さまで押し上げた。

「お姉様方、あとはお願いします」

「任せなさい、細かく斬り刻んであげるわ」

「ええ、任せて下さい」

レイフェルトとリファネルが空に向けて、剣を振った。

リファネルの空をも斬り裂かんとする巨大な一筋の斬撃。レイフェルトの数千もの斬撃。

二人の攻撃は宙で交わりながら、一直線に空に、魔族のもとへと飛んでいった。

斬撃が魔族に当たった瞬間、激しい轟音と共に雲が弾け、空気を震わせた。

そして、ズシンッという音と振動が響き、魔族がズタボロの状態で空から地面へと落下してきた。

「……流石に終わりよね？　もう動かないわよね？」

地面に仰向けで倒れる魔族を遠目に、レイフェルトが言った。

「どうでしょうね……。これで終わりならありがたいですが」

リファネルはまだ警戒を解かない。

「これで生きてるようなら、私の全魔力で今度こそ滅しますわ!!」

今日一日で何度も大規模魔術を放ってるにもかかわらず、ルシアナは魔力切れを起こす気配はない。

「――痛ってぇなぁ、畜生。まさか、これほどとはな」

あれほどの総攻撃を受けたにもかかわらず、魔族は生きていて、ゆらりと立ち上がった。

そして三人を見下ろす。

「……何ていうか、素直に称賛するわよ。その頑丈さ…………」

呆れ気味にレイフェルトは首を横に振る。

「ガハハ、さぁ続きを始めようぜッッ!!　ガーッハッハッハッハッハッハ!!　――んぁ？」

傷だらけの体で漆黒の剣を構え、再び戦闘が開始されようとしていた時、魔族がゼル王国のほうから飛んでくる物体に気付いた。

パシッと、魔族はその飛んできた物体を巨大な手で見事にキャッチして、呟いた。

「――ベネベルバ、いったい何があった？」

飛んできたのはラゼルとセロルによって吹き飛ばされてきた、ベネベルバだった。

「ゴホッ、も、申し訳ありません、魔王様……少し油断しました」

ベネベルバは口から血を吐きながらも、自らの足で立ち上がり魔王の姿を見た。

そして驚愕した。

「………魔王様!?　そのお姿はいったい…………そちらこそ何があったと言うんですか！！？」

体中ボロボロで斬り傷だらけの魔王を見て、ベネベルバは驚きを隠せなかった。

おかしい、いくら魔王様が戦うことが好きな戦闘狂だとしても、これほどの傷を負うなどあり得るのかと。

「ガハハ、なぁにかすり傷だ!!　お前をここまでにするとは、王国内にも強いヤツがいるのか。人間も侮れねーなぁ!!」

「……申し訳ありません、すぐに片付けてきます」

「いや、待て」

再びゼル王国に戻ろうとするベネベルバを魔王が止めた。

「今回は出直すぞ、俺も久々に楽しめた」

「……はい、魔王様がそう望むのなら」

漆黒の剣を宙に放り投げる魔王。

すると、現れた時と同様に何もない空間に亀裂ができて、その中へと消えていった。

「ちょっと、このまま無事に帰れると思ってるのかしら？　こんなに傷だらけにしてくれちゃって」

相手も確かにボロボロだが、レイフェルト達も無傷とはいかなかった。

ところどころに傷が目立つ。

「ガハ、俺は帰ると言ったら帰るぜ、何者も俺を止めることはできねぇ――行くぞ、ベネベルバ」

魔王の指示に従い、白いドラゴンへと姿を変えたベネベルバ。

「なッツ、ドラゴンになったわよアイツ!?」

レイフェルトは驚きながら、白いドラゴンを見上げた。

「そんなことは今どうでもいいです。そこの魔族、あなた王国のほうから来ましたが、ラゼルに危害を加えてないですよね？」

リファネルの言葉に一瞬ポカンとなったベネベルバだったが、ラゼルという言葉には聞き覚えがあった。

そういえば、あの少年がラゼルと呼ばれていたなと。

「フフ、あの少年のことですか。どうでしょうね、まだ生きてるといいですが」

ベネベルバもラゼルが死んだとは思っていないが、リファネルの口調からしてラゼルを大切に思ってることは容易に想像できた。

だから最後に嫌がらせ、とはいかないまでも嘘の一つでも言ってやろうと、そんな軽い気持ちだった。

だがそれが間違いだった。

――ビュンッと、空気を裂くような音がベネベルバの体を通り過ぎた。

「――ガッッッ…………な、何が起こったのですか⁉」

リファネルの剣を持つ腕が、僅かに揺れたように見えた。

本当にそれくらいの変化だった。

気付くと、ドラゴンに変化しているベネベルバの右の翼が地面に土煙を上げて落ちていた。

「ぐッッ……馬鹿な、私は今斬られたのですか？　いったいどうやって⁉」

「……ラゼルに何をしたのか言いなさい。その万倍の地獄を見せてあげます」

再度リファネルの剣がブレた。

今度は左の翼が地面へと落ちた。

「――ガァッッッ……何が起こってるというんですか!?」

ラゼルのことで我を忘れたリファネルの剣速が速すぎて、ベネベルバにはそれが視認できなかった。

故に、何が起こってるか理解することができなかった。

「……次は首を落とします」

「チッ、翼を落とされちゃ飛べねーじゃねーか……仕方ねーな」

リファネルの刃がベネベルバの首を斬り落とす直前、魔王が何か石のような物を手に取り、それが眩く光を放った。

「――お前らとはまた戦いてえなぁ、あばよ」

光が収まると魔族の姿はなく、その場には鬼の形相をしたリファネルだけが残されていた。

「早くラゼルの無事を確かめなければ…………二人ともすぐに戻りますよ――って、おろ？」

余りの怒りにリファネルは気付いてなかったが、ベネベルバがラゼルのことを喋った直後、レイフェルトとルシアナはリファネルを残し、ゼル王国へと駆けていたのだった。

＊

「……来た」

「あ、本当だ」

セロルの言葉を聞いて門のほうへと目を向けると、砂煙を巻き上げながら物凄い速さで、レイフェルト姉とルシアナが此方へと向かってきてるのが見えた。

「ラゼル!!」

「お兄様ぁ!!」

二人は息を切らしながら僕のところへ来ると、そのままいつものように抱きつこうとしてきたけど、

「って、ど、どうしたのよラゼル、そんなに傷だらけで…………何があったの!?」

「……お、お、お兄様から、血が、血が出てますわッ!!　ど、どうしてこんなことに…………」

僕の満身創痍な姿を見て、立ち止まった。

良かった、流石にこの状態で抱きつかれたら辛かったからね。

「お疲れ様、ルシアナ、レイフェルト姉。無事で良かったよ」

二人にしては珍しく、全身が擦り傷だらけだ。

それほどの相手だったってことだろうけど。

「わ、私達が無事でもお兄様が全然無事じゃありませんわッ!!　こんなに怪我を負って……早く治療しないとですわ」

これまで訓練中にいろいろ怪我をしてはきたけど、確かに今回のは今までに経験したことのないほどの怪我だ。

でもクラーガさんやザナトスさん達に比べたら軽傷だし、死んでしまった人達に比べれば生きてるだけでも感謝しないと。

「大袈裟だなルシアナは。僕は大丈夫だよ。血は出てるけど思ったより傷は深くないし。ていうかリファネル姉さんは？　姿が見えないけど」

「リファネルはすぐに来ると思うわ。――それよりもルシアナ、貴女ラゼルに信頼できる護衛をつけたって言ってたわよね？　何でこんなことになってるのかしら？」

レイフェルト姉が、ルシアナの肩を揺する。

「はっ、そうでした………セロル、貴女がいながら何でお兄様がこんなことになってるんですのっ!?　説明を求めます」

ルシアナの視線は、さっきから僕の傍で無言のまま佇んでるセロルへと向いた。

良かった、さっきから二人してセロルについて触れないから、僕にしか見えてないかもとか思っちゃったよ。

ていうより、ルシアナはセロルのことを知ってるっぽいけど、知り合いなのかな？

「ラゼルと一緒に戦って魔族を撃退した。何も問題ない筈」

鼻息荒いルシアナとは逆にセロルは、事もなげな様子で淡々と答えた。

「それでお兄様が怪我してたら意味ないですわッ!!　何のために貴女を護衛につけたと思ってるんですの!?　問題しかないですわ、大問題ですッッ!!」

セロルに近付いていき、両手で頬を引っ張るルシアナ。

「……痛い」

ハハ……なんだか仲のいい姉妹みたいだ。

「……えっと、二人はどういう関係なの？　護衛って聞こえたんだけど」

「セロルは私の使い魔ですの」

驚きの答えが返ってきた。

確かにさっきの戦いじゃ人間離れしたことをしてたけれど。でも見た目は人間にしか見えないし、僕はそういう魔術もあるんだなくらいに思ってたよ……

そもそも使い魔って喋れるの？

「何百回も言ってるけど、私は使い魔なんかじゃない」

少しムッとした感じで反論するセロル。

表情は変わってないけど、何となくそんな感じがする。雰囲気とでも言えばいいのかな。

「フンッ、私の魔力で現れたんですから使い魔と一緒ですわ」

「ルシアナは暴君」

言い争う二人。

微笑ましい光景だ。

「それよりも早くラゼルを治療できる場所に移動しましょ」

「わっ、ちょレイフェルト姉、恥ずかしいよ」

怪我をした箇所を刺激しないように、そっと僕を抱き抱えるレイフェルト姉。

所謂お姫様抱っこ状態だ。

「その足じゃ歩くの辛いでしょ？　今は我慢してちょうだい」

「……ありがとう」

いつものふざけた感じじゃなくて、本当に心配そうな顔で言われたので、素直にお礼を言う。

「あ、リファネル姉さん。良かった、無事だったんだね」

「――ラ、ラゼル……？」

レイフェルト姉に抱き抱えられた僕の前に、リファネル姉さんが暗い表情で現れた。

この世の終わりみたいな顔をしてる。

「その怪我はどうしたんですか、いったい誰にやられたんですか、何があったんですか！！？」

「えーっと、これは――」

「はいはい、心配するのはわかるけど質問は後にしましょう。今は治療が最優先よ」

僕の言葉を遮るようにして、レイフェルト姉が言った。

「私に回復魔術が使えれば良かったのですが……」

その横でルシアナが悔しそうに顔をしかめた。

あらゆる魔術を扱い、その無尽蔵の魔力で賢者と呼ばれてるルシアナだけど、回復魔術だけは使うことができない。

ルシアナ曰く、回復〝魔術〟なんていわれてはいるけど、回復魔術はそもそも魔力では使うことはできないらしい。

回復魔術を使うときは、魔力とは別のよくわからない別の力が働いてるんだとか。

そのよくわからない力を持つ人達のみ回復魔術を使える。

勇者パーティのヒリエルさんもその一人だ。

数の少ない魔術師だけど、その中でも更に珍しいのが回復魔術を使える人だ。

まぁ全部ルシアナが教えてくれたことなんだけどね。

賢者が言うことなんだから間違いないだろう。

その後、僕は姉さん達が戻ってきた安心感からか、いつの間にか意識を失っていた。

第四章

「あれ、ここは…………」

僕は目を覚ますと、知らない部屋のベッドで一人で寝ていた。

反射的にバッと、布団を捲る。

「いない、か」

姉さん達やルシアナがベッドに潜り込んでるんじゃないかと思ったけどそんなことはなく、ベッドで寝てるのは僕一人だけだった。

「あらぁ、一緒に寝てた方が良かったかしら？」

声のほうに目を向けると、ベッド脇の座椅子にレイフェルト姉が腰掛けていた。

リファネル姉さんとルシアナの姿は見当たらない。

「久しぶりに一人で寝れて凄い快適だったよ」

「フフフ、そんなこと言って。布団を捲った時、寂しそうな顔してたわよ？　シルベスト王国に戻ったら一緒に寝てあげるから、今は我慢しなさい」

まったく、レイフェルト姉には敵わないな……

「ところでここは何処なの？　リファネル姉さんとルシアナは？　それとクラーガさんとザナトスさんは無事？」

「まったくそんなにいっぺんに聞かれても答えられないわよ。とりあえずリファネルとルシアナはラナと一緒にこの国の王様のところに行ってるわ。そしてここは治療院よ」

そう言いながら椅子から立ち上がり、僕の寝てるベッドに座るレイフェルト姉。

「なんでまた王様のところへ？」

この国の王様ってことはナタリア王女のお父さんってことかな。

何か僕が寝てる間に問題でも起こったのか？

「今回の戦いのお礼を直接言いたいから、来てほしいって言われてね。ラナがどうしてもって言うから、仕方なくジャンケンでラゼルの傍に残るのは誰か決めたのよ。それで見事に私が勝ったってわけ」

「そうなんだ……」

「まったく、王様だか何だか知らないけど、お礼が言いたいならあっちが直接来るべきだわ」

レイフェルト姉らしいなぁ……まぁ言いたいことはわかるけどね。

「それよりもラゼル、こっちに来なさい」

ボフボフと、自分の座るベッドの横を叩くレイフェルト姉。

隣に来いってことかな。

「どうしたの——んっ！！？」

上半身を起こして、ベッドに手をつきながらレイフェルト姉に近づいてく途中、体ごと引っ張られて抱きすくめられてしまった。

もう何度も経験している、柔らかな胸が顔に当たる。

「……苦しいってばレイフェルト姉」

「クラーガに聞いたわよ、ラゼルの活躍。ラゼルがいなかったらもっと甚大な被害が出てたって言ってたわ。頑張ったのね」

優しく僕の頭を撫でながら、耳元で囁くレイフェルト姉。

「でもね、次からは危なくなったら逃げるのよ？　私達が傷だらけのラゼルを見た時どんな気持ちだったか………口から心臓が飛び出るかと思ったのよ？　本当に無事でよかったわ」

レイフェルト姉らしくない真剣な声色。

「あの時は戦ってる皆を置いて、一人だけ逃げるのがどうしても許せなかったんだ………心配させてごめんね」

それから暫くの間、無言のままレイフェルト姉に抱き締められてた。

早く姉さん達を安心させるくらい強くなりたいな。

「さ、そろそろ行きましょうか」

「行くってどこに？」

レイフェルト姉に手を引かれ、ベッドから立ち上った時に気付いた。

「……あれ？」

ベネベルバに抉られた足が痛むと思ってたけれど、想像してたよりは痛みが少ない。

「フフ、足の痛みはだいぶマシになってるはずよ。回復魔術が使える魔術師を脅し………お願いして治して貰ったのよ。流石に完治まではいかなかったけど。それでも何もしないよりは回復は早いはずだわ」

何か物騒な言葉が聞こえた気がしたけど…………

もしそれが本当なら、僕よりも重症な人を優先にして欲しい。

「入るわよ〜」

僕とレイフェルト姉が向かったのは隣の部屋だった。

「ちょっと、ノックくらいしたほうが…………」

ノックもせずにドアを勢いよく開けるレイフェルト姉を注意するも、手遅れだった。

「おぉラゼル、やっと起きたか！」

そこには上半身裸の状態のクラーガさんが……

ちょうど包帯を変えてる最中だったのか、看護士っぽい人がクラーガさんの背中を拭いていた。

「ま、前を隠してくださいッ！」

クラーガさんは胸を見られたことなんて気にしてない様子で、部屋に入ってきた僕に笑いかけてくれた。

「ちょっと、ラゼルにそんな変なもの見せないでちょうだいっ!!」

えぇ……ノックもせずに入ったのはこっちなのに……

「なっ!?　変なものとはなんだ、これでも形には自信があるんだぞ」

そう言って、胸を強調するクラーガさん。

僕に見られて恥ずかしくないのかな……

でも元気そうで良かった。

あの時は本当に死んじゃったかと思ったから。

まだ色々することがあるからと、僕達は看護士の人に追い返され、すぐに部屋に戻った。

まだお礼も言えてないし、後でゆっくり話せたらいいな。

そして部屋に戻ってすぐに、ドタバタと階段を駆け上がる音が聞こえてきたかと思ったら、部屋のドアが慌ただしく開いた。

「おっ兄様ぁっ!!」

「ラゼルッッ!!」

「ラゼル様ッ!!」

ルシアナとリファネル姉さんが僕を見るや、飛び付いてきた。

その後ろではラナが、心配そうに僕を見ている。

「良かったですわお兄様っ!!　もう絶対に離れませんからッ!!　お風呂もトイレも寝るときも、絶対離れませんッッ!!」

いやいやいや、トイレとお風呂は一人で入らせてよ………

「ごめんね、心配させて」

よしよしと、ルシアナの頭を撫でる。

「うっ、うぅラゼルゥ、お姉ちゃんは貴方に何かあったら生きていけないんですッ……ぐすん、もう、危険なことは禁止です、ぐすっ……」

リファネル姉さんのまさかの号泣………

「姉さん………ごめんね。でも僕は一人でも大丈夫だって、姉さん達を安心させたかったんだ。今回はこんな結果になっちゃったけど………」

抱きついてきた姉さんの背中に手を回す。

こうして自分から抱き締めるのなんて、小さい時以来かも。

「ラゼル様……」

ラナも僕の近くまできた。

見た感じ怪我とかはしてないみたいだ。

「ラナも無事だったんだね、良かった」

「はい、ラゼル様達が命懸けで戦ってくれたお陰です。私のおまじないも効いてくれたようで安心しました」

そう言ってラナは、人差し指を自らの唇に当てて微笑んだ。

おまじない………あの時はあんまり深く考えてなかったけど、ラナにキスされたんだよね、僕。

駄目だ、思い出したら顔が赤くなってきた……

こんなの姉さん達に感づかれたら大変なことに、

「おまじないってなんですの、お兄様？」

抱きついていたルシアナが、〝おまじない〟という言葉にすぐさま反応した。

「別になんでもないよ」

感づかれないように、なるべく落ち着いて答える。

「ラゼルは今嘘をつきました……鼓動が僅かに速まりました……ぐすっ……何で嘘をつくんですか？」

ええ、そんなんでわかっちゃうのっ⁉

「なんか怪しいわねぇ…………本当のこと言わないと、もう知らないんだからね」

こういう時に頼りのレイフェルト姉まで…………

「ラ、ラナからも何か言ってよ」

「えっ？　えと、その、うぅぅ……」

駄目だ、湯気が出そうなくらいに赤くなってるよ……

慣れないことするから。

あぁ……この流れは知ってる。

本当のことを言うまで駄目なやつだ……

＊

「まったく、ラゼルはいつから誰とでもキスをする軽い男になっちゃったのかしらねぇ？」

「フフ、頬に軽く触れるくらいのと言ってましたし、今回は大目に見ましょう。シルベスト王国に戻るのが楽しみです」

「リファネル姉様の言う通りですわ。シルベスト王国へ戻ったらお兄様と………ウフフフ、ですわ」

僕は諦めてラナにキスされたことを白状した。

白状と言ってもそんなに悪いことをしたわけじゃないんだけどね。

キスとはいえ頬にだし、ラナもそんなに深い意味はなかったと思うんだ、単純に〝頑張ってください〟的な感じだったんだよ、きっと。

そして予想外だったのが姉さん達の態度だった。

もっと騒ぐかと思ったけど、意外とそんなことはなかった。

レイフェルト姉は少しだけ意地悪く笑っているけど、リファネル姉さんとルシアナは僕のほうを見て、ニコニコと笑っている。

まぁさっきまで泣いてたリファネル姉さんが泣き止んだし、とりあえずはよかった。

問題はシルベスト王国に戻ったらキスをするという、姉さん達との約束だ………

三人はする気まんまんみたいだけど……本当にどうしたものかな…………

「あの、シルベスト王国に戻ったら何かするんですか？」

オドオドしながら、ラナが尋ねた。

「ふふふふ、シルベストに戻ったらお兄様がキスしてくれるんですの。もちろんラナのような、頬に軽くチュッどころじゃありませんわ」

勝ち誇った表情のルシアアナ。

多分この約束があったからそんなに騒がなかったんだろうね……

「えっ…………。ラゼル様、それは本当なのですか？」

や、やめてラナ。

そんな目で見ないでぇ。

「いや、まぁ、その、えーと、なんていうか…………」

ラナの手前否定したいけど、ここで否定なんかしたらどうなることやら……

「お兄様、何でそんなに濁すんですの？　約束しましたよね？」

「大丈夫よルシアアナ、ラゼルが約束を破るわけないでしょ。――ねぇラゼル？」

「もし約束を反故にされたら、お姉ちゃん悲しいです……」

ルシアアナが期待に満ちた目で、レイフェルト姉が悪戯にこの状況を楽しむかのような目で、リファネル姉さんがウルウルとした目で、それぞれ僕を見る。

「も、もちろんだよ……約束したからね……」

本当今さらになって思うけど、僕は姉妹相手に何て約束をしてしまったんだろうか……

シルベスト王国に着くまでに、何とか打開策を見つけないと……

＊

その日の夜、僕は再びクラーガさんの部屋を訪ねていた。

「クラーガさん、今大丈夫ですか？」

コンコン、とドアをノックしながら声をかける。

「ラゼルか、いつでも大丈夫だぜ」

二日後にはゼル王国を出発する予定になったので、その前にクラーガさんにお礼を言いにきた。

明日はザナトスさんのところへ行こうと思ってる。

この二人がいなかったら、間違いなく僕は死んでた。

感謝してもしきれない。

「怪我の調子はどうですか？」

「ああ、傷は残るだろうが命に別状はないとよ。流石の俺も今回は死ぬかと思ったぜ、運が良かった。それとラゼルのお陰だな、ありがとよ」

「そんな、僕は何も……お礼を言うのは僕のほうです。本当にありがとうございました」

お礼を言いにきたのにお礼を言われるなんて、何だか変な気持ちだ。

「最後は意識が朦朧としててよくわからなかったが、ラゼルがあのドラゴン野郎を吹っ飛ばしたのはわかったぜ。ありゃどうやったんだ？」

「あれは………正直、僕にもよくわからないんですよね」

普通に見たら僕がベネベルバを吹っ飛ばした風に見えただろうけど、あれはほとんどセロルの力だと思う。

セロルには聞きたいことが色々あるのに、僕が目を覚ました時にはいなくなってた。

ルシアナに聞いたら、「そのうち出てきますわ」とか言ってたし、また会えるだろうけど。

「はは、まったく不思議なやつだな。ラゼル達はこれからどうするんだ？」

「僕達は二日後にこの国を発つ予定です。だからその前にクラーガさんに会っておきたくて。遅い時間にごめんなさい」

隣の部屋にいる姉さん達が寝静まるのを待ってたら、随分と遅い時間になってしまった。

クラーガさんは怪我人だし、皆で来たら迷惑だろうからね。

「そうか………」

「クラーガさんはそのまま冒険者を続けるんですよね？」

「そうだな。俺もアイツ等も何とか生き残ったからな。またドラゴンを狩ってくさ」

「そういえば、ドラゴンに拘るのは何か理由があるんですか？」

実は結構気になってたんだよね。

クラーガさんのドラゴンに対する執着心的なものが。

「村をドラゴンに襲われたんだ………生き残りは俺だけだった」

「ごめんなさい、嫌なことを思い出させて……」

まさかこんな答えが返ってくるとは思ってなかった。僕は咄嗟に頭を下げて謝る。

これは、会って間もない僕なんかが聞いていい話じゃない。

「もうだいぶ前の話だ、気にするな」

何か違う話題に切り替えようと焦っていると、クラーガさんはそのまま話し始めた。

「あの頃は本当に辛かった……俺には歳の離れた弟がいてな。幼くして両親を失くした俺達は、贅沢はできないが二人で仲良く暮らしてたんだ。弟こそが俺の生きる原動力だった。両親が死んだ時、俺も死のうかと思ったが、まだ幼かった弟を見て思い止まった。俺が死んだら弟はどうなるんだって考えたら、死ぬ気なんてなくなってな……」

思い出してるんだろうか、だんだんと声に力が無くなっていくのを感じる。

「それがある日、街への買い出しから戻ったら村が滅茶苦茶になってたんだ。村の中心部ではドラゴンがブレスを撒き散らしてた。俺は一目散に家を目指したが、家に着いて唖然としたよ。無かったんだ家が。ブレスで地面ごと吹き飛ばされてたんだ………俺は怒りで我を忘れてドラゴンに飛びかかった。普通に考えたら自殺行為だが、その時は恐怖という感情を怒りが完全に塗り潰してた。そして、目が覚めたら街の治療院にいた。ドラゴンが去った後で、たまたま通りかかった冒険者が、倒れてる俺を見つけてくれたみたいでな」

魔物に村を襲われるという話は珍しいことではないけど、被害に遭った人に直接聞くと重みがまったく違う。

「それからはドラゴンに対する憎しみだけで生きてきたな。女だと冒険者として舐められるから、胸にさらしを巻いて、髪を切って口調を変えて…………死ぬほどの努力をして」

男っぽく振る舞ってたのにはそんな理由があったなんて……

「まぁ少し暗い話になっちまったが、今はもう乗り越えたことだ。今でもドラゴンを狩るのは憎しみもあるにはあるが、俺の村のような被害を失くすためってのが大きいしな」

「クラーガさんは凄い人ですね」

元から悪い人じゃないのはわかってたけど、一緒に戦って、今日話してみて、改めて凄い人なんだと思った。

この人は尊敬に値する素晴らしい人だ。

「…………ラゼル、ちょっとこっちにきてくれないか？」

「どうしたんですか？」

言われた通りクラーガさんのほうに近づく。

「ちょ、クラーガさ、ん!?」

が、急に抱きつかれてしまった。

だけど少し様子がおかしい。

抱きつく手に力は入っておらず、その気になれば簡単に抜け出せそうなくらい弱々しい。

そして体は小刻みに震えていた。

「大丈夫ですか!?」

あまりにフルフルと震えるもんだから、僕は体調が悪くなったのかと思い、背中を擦りながら話しかける。

「……悪い、少し弟を思い出してな」

そう言って、クラーガさんは僕から離れる。

「似てるんだ、ラゼルが弟にさ。ちゃんと生きてて、成長して大きくなってたら、こんな感じだったのかなとか思ったら………すまない」

僕よりも遥かに強い筈のクラーガさんが、やけに弱々しく映る。

弟さんの話を聞いた後だからか、僕まで胸が苦しくなってきた。

だから、

「なっ、ラゼル!?」

僕は一旦離れたクラーガさんをもう一度抱き寄せた。

「僕はクラーガさんの弟さんじゃないし、代わりにはなれないですけど、これで少しでも気持ちが落ち着くなら」

体の震えが止まった代わりに、腕に力が込められるのを感じる。

「ん……うぅっ、……シモン」

弟さんの名前だろうか、クラーガさんは名前を呼びながら暫く泣き続けていた。

＊

「あれ……？」

いつもと違った匂いで目を覚ます。

窓の外を見るに、まだ夜のようだ。

「……んんぅ」

目の前には僕を抱え込んだまま眠る、整った顔立ちの女性、クラーガさんが。

そうか、あのまま少し寝ちゃったんだ。

僕は眠ってるクラーガさんを起こさないように、そっとベッドから出て、自室へと向かった。

いつもだったら部屋に姉さん達やルシアナがいるから、こんな時間に戻ったら大変だけど、今は別々の部屋だからちょっと安心だ。

ほとんど治ってるとはいえ、一応怪我人だから姉さん達も一緒に寝ようとはしなかった。

まぁ、隣の部屋にはいるんだけどね。

「遅い」

誰もいないはずの自分の部屋に戻ったつもりだったけど、ドアを開けると感情の籠ってない、平淡な声が聞こえてきた。

「セロル？　どうしてここに……っていうか色々聞きたいことがあったのに、起きたらいないんだもん心配したよ」

部屋のベッドに腰かけていたのは、長い金色の髪をした少女。

魔族との戦いで僕を助けてくれた、ルシアナの使い魔セロルだった。

「魔力節約のために、一度帰っていた」

「帰っていたってどこに？」

使い魔ってそもそもどこから召喚されてくるんだろうか、そこら辺は本当に何もわからないからなぁ……

「……精霊界」

セロルから返ってきたのは、聞きなれない言葉だった。

「精霊界？　使い魔ってみんなそこからこっちに来たり帰ったりするものなの？」

「私は使い魔じゃない」

不機嫌そうにするセロル。

わかりにくいけど、口元が僅かにへの字になっている。

そういえばルシアナが使い魔って言った時も否定してたっけ。

「じゃあセロルはいったい……」

使い魔じゃないとするなら、いったい何者なんだろう。

外見は人間にしか見えないけど。

もしかして魔族とか？

「私は精霊族。かつてこの世界の争いに嫌気が差して、別次元へと姿を消した一族」

精霊族!?　そんな種族、聞いたこともない。

というか、別次元って何だろ？

「……そんな種族がいるなんて初めて知ったよ。本とかでも見たことないし。もしかして僕が知らないだけだったりする？」

「その可能性は低い。私達がこの世界に存在していたのは何百年も昔の話だから」

「……セロルって今何歳なの？」

いろいろ壮大な話になってきたけど、一番気になったのはそこだった。

「詳しくはわからない。でも自我が芽生えてから五百年は経ってる」

五百年ッ!?　ファルメイアさんよりも年上なんじゃないか……？

「そうなんだ……それでなんでルシアナと一緒にいたの？」

ルシアナが使い魔扱いするってことは、ルシアナが呼び出したのかな？

「私がこの世界に存在するためには魔力が必要。そんな時、とんでもない量の魔力を宿した子供がいた」

「それがルシアナだったわけね」

コクりと頷くセロル。

「だけどルシアナは私が使い魔じゃないって言っても信じてくれなかった……」

「ルシアナはあれで頑固なところもあるからね……」

我が強いというかなんというか……国王からの任務も駄々をこねて断ったりするし。

その度に僕が宥めてたっけ……

「それで、その精霊族のセロルが何でこの世界に？　何か目的とかがあったりするのかな？」

セロルには命を助けられてるし、僕に手伝えることなら力になりたい。

「退屈だったから」

「え〜……」

何百年も姿を消していた精霊族のセロルが態々来たんだから、何か重大な使命とかがあるんじゃないかと思ったんだけど……

「そんな時に、丁度ルシアナを見つけて、魔力を分けてもらった。ラゼルのことも小さい時からずっと見てた。そして気付いたら、ラゼル達を見るのが私の楽しみになってた」

知らない間に見られてたなんて……今まで一度だってそんな気配に気付いたことはなかったよ。

「でも魔族と戦ってる時は本当に助かったよ、あれはセロルの魔術なの？」

魔族との戦闘中、頭に響いた声や、僕の剣から出た光の渦のようなもの。

「あれは私とラゼル二人の力。私はあの時、ラゼルに憑依していたから」

う〜ん……いまいちピンとこないなぁ。

ってか、この前も思ったけど憑依って何なんだろ!?

「もう一回やってみる」

そう言ってベッドから立ち上がると、セロルの体が光に包まれて、あの時のように消えた。

『どう』

「わっ、あの時と同じだ……」

あの時と同じく、頭に直接声が響いた。

『今はラゼルの体に憑依中』

「これが憑依……」

声が聞こえる以外は何も変わった気はしないけど……

『あの光の渦はラゼルの魔力と私の力を混ぜて放った。鍛え方次第で、もっと強くなれる』

「鍛え方？」

『そう。ラゼルは強くなりたがってた。私が戦いかたを教えてあげる』

今の僕にとって、セロルの言葉はとても魅力的に聞こえた。

今回姉さん達を不安にさせてしまったのも、結局は僕の弱さのせいだし……

ここはセロルの言葉に甘えさせてもらって、修行を見てもらうのも一つの手かもしれない。

「ありがとう、シルベスト王国に戻ったら早速お願いしていいかな？」

『任せて』

これで、姉さん達に一人でも大丈夫だってところを見せるっていう目標に、少しでも近づけるといいんだけど。

＊

「ガハハッ、今回は最っ高に面白かったな‼」

転移石によって、魔族が暮らすマモン大陸へと一瞬にして戻ってきたベネベルバと魔王。

流石と言うべきか、リファネル達によってつけられた魔王の傷は既に回復していた。

「あいつらはいったい何者なんでしょうか？」

翼を斬り落とされ、痛々しい姿のベネベルバが呟く。

「ガハ、んなことはどうでもいい。人間側にもあれだけの実力者がいるってわかっただけでもよかったじゃねーか」

「それは確かにその通りです。それとひとつ、魔王様の耳に入れておきたいことがありまして」

「なんだ？」

「私がゼル王国内で戦った少年ですが、その少年に精霊族が一人ついてまして……」

一瞬驚いたような顔で目を見開き、魔王は笑った。

「ガハハハハッ‼　何百年ぶりだ⁉　懐かしい名前を出してきやがって。戦うことから逃げた種族が今さら何しにきやがったッ⁉　まぁ何にしても面白くなってきた、小手調べは終わりだ。準備が整い次第、また向かうぞ。次こそは国をいくつか奪う」

王座にて高らかに笑う魔王。

「あら、戻ってきたんですね魔王様」

そこに妖艶な雰囲気を纏った、女魔族のムムルゥが姿を現した。

ほとんど裸に近い格好で、魔王へと近付く。

「ムムルゥか、リバーズルはどうした？」

「リバーズルだったら、傷が癒えたとか言って、またすぐシルベスト王国に向かいましたけど。私は止めたんですけどねぇ」

実際に止めたわけではないが、魔王の前なのでムムルゥは適当に嘘をついた。

「なッ、あいつはまた魔王様の命令を無視して。転移石も残り少ないというのにッ!!」

リバーズルの勝手な行動に顔を歪ませるベネベルバ。

つい最近、ボロボロに負けて帰って来たというのに、なんの対策もせずにまた向かうとは。

ベネベルバは理解できなかった。

だがそれと同時に、一つ疑問が浮かんでくる。

リバーズルはムカつく奴ではあるが、実力は確かだ。

小国を一つ滅ぼすのなんてわけないはず。

それが一度敗れ、ボロボロになって帰って来た。

最初は人間の得意な数の力にやられたのだと思ったが、ゼル王国で戦ったリファネル達を見て考えが変わっていた。

もしかすると、今の人間の中には勇者レベルの実力者が何人か存在しているんじゃないかと。

「ガハハッ、構わん!!　好きにさせとけ」

「しかし、一度敗れた相手のもとへ何の策もなしに向かうなど――」

「それなら大丈夫よ。今回はメルガークもついていったから」

ムムルゥが、納得のいかない様子のベネベルバの言葉を遮った。

「……メルガーク様が!?　――なるほど、それならば今回は勝利が確定しましたね」

ベネベルバが魔王以外で唯一、様付けで呼ぶ魔族。

全部で十人いる魔族の幹部の一人。

基本的に幹部は強さで選ばれるが、この十人に優劣はなく、上には魔王がいるだけではあるのだが。

それでも、暗黙の了解でメルガークには誰も逆らわない。

理由は単純明快で、生意気なことを言ったら殺されるからだ。

リバーズルですらメルガークには下手な口は利かない。

同じ立場でありながら、他の九人の幹部より頭一つ抜けた強さを誇る魔族、メルガーク。

リファネル、レイフェルト、ルシアナ、ラゼルのいないシルベスト王国に再び脅威が近付いていた。

＊

「おはようございます、お兄様」

朝になってルシアナが僕の部屋へと元気よく入ってきて、抱きついてきた。

「おはよう、ルシアナ」

僕はルシアナを受け止めて、頭をポンポンと撫でる。

「ところでお兄様、昨日の夜セロルの気配がした気がしたんですけど」

ギクリ……

一瞬動揺して、頭を撫でる手が止まってしまった。

「セロルが？　僕の部屋にはきてないけど……」

昨日の寝る前にした、セロルとの会話を思い出す。

＊

「ラゼル、私が今日ここにきたことはルシアナには内緒」

憑依をやめて再び僕の目の前に姿を見せたセロルが、人差し指を顔の前に移動させて言った。

「それはいいけど、何か理由が？」

「この前の戦闘でラゼルに傷を負わせたから、怒ってる」

「そんな……セロルは僕を助けてくれたのに。セロルがいなかったら僕は今頃生きてないよ」

夜中だというのに、少しだけ声を荒らげてしまった。

隣の部屋に姉さん達がいることを思い出して、すぐ口に手を当てて声を押し殺す。

「ルシアナに頼まれたのはラゼルを無傷で守ること。約束を破ったのは私。仕方ない」

「でも、そんなのってあんまりじゃないか。無傷とはいかなかったけど、セロルは僕を確かに守ってくれた。僕からもルシアナに説明するよ」

僕が傷を負ったのは僕の責任だ。

そのせいでセロルが怒られるなんて、納得できない。

「それには及ばない。ルシアナのあれはいつものことだから慣れてる。それにあの時、ラゼルを無傷で守ることも可能だった。それをしなかったのは私の意思」

「えっ？」

無傷で守ることもできたとはどういう意味だろうか？　セロルはあえて僕に戦わせたってこと？

「ラゼルは自分の無力をずっと悔やんでいた。だから見せたかった。ルシアナ達が戦ってる世界を。強者達の世界を」

そういうことか。

確かにあの時、ベネベルバの攻撃を命掛けで避けていた時は、いつもと別の景色が見えた気がした。

セロルの声のお陰で避けられてたとはいえ、あの一度でも攻撃をくらうわけにはいかない状況は、かなりの経験値になったと思う。

「そっか、ありがとね。そこまで考えてくれてたなんて、嬉しいよ」

「私が好きでやってること、気にしないで。ルシアナの機嫌もそのうち直る。それじゃあ、シルベスト王国に戻ったらまた現れる」

そう言って、セロルの姿はだんだんと見えなくなっていって、消えてしまった。

精霊界と呼ばれる場所に帰ったのだろうか？

＊

「そうですか……気のせいかもですね」

「ルシアナはセロルと仲がいいんだね」

「まぁ、ある意味妹みたいなものですわ。中々言うことを聞かないですけど」

ルシアナはセロルが五百年以上も生きてる精霊族だということを知らないんだろうか？

いや、聞いていていても信じていないだけかな。

そんなセロルを妹みたく思い、お姉ちゃんぶるルシアナを想像すると、なんだか微笑ましくて笑ってしまった。

細かいことを気にしないルシアナだからこそだよね。

「あ、今なんで笑ったんですの？　お兄様」

「いや、ルシアナが可愛くてさ」

ルシアナの頭を撫でる手に力を込める。

それに応えるように、頭頂部のアホ毛が嬉しそうに揺れていた。

*

明日にはこのゼル王国ともお別れなので、今日はザナトスさんのもとを訪ねていた。

ザナトスさんのいる場所はゼル王国騎士団専用の治療院で、ザナトスさん以外にも大勢の人がベッドで横たわっていた。

ここにくるまでの家屋等の被害とかもそうだけど、これだけの人達が怪我で動けないのを目の当たりにすると、改めて被害の甚大さを痛感する。

いくら回復魔術を使える人がいても、これだけの人数は大変だと思う。

それに回復魔術というのは完璧なものじゃない。

僕の足の傷もそうだし、怪我等を完治させるというよりは応急処置的な感じが強いのかもしれない。

昔の勇者パーティにいた聖女は、体の欠損した部分すら再生させたっていうけど、あくまで本の中の話だ。

実際にあったことを物語にしてるとはいえ、大袈裟に書いてる可能性もある。

間違いなく回復魔術で最高の腕を持つであろう勇者パーティのヒリエルさんですら、シルベスト王国の人達の傷を完治させるには至らなかったし。

まぁもしもヒリエルさんがシルベスト王国の騎士団の人達全員を完璧に治していたなら、僕達がこの国にくることもなかったかもだけどね。

結果的にはよかったのかも。

姉さん達以外であの危機を何とかできたとは思えないし。

「そうか……明日には戻るのか、残念だ」

僕達がくると、ザナトスさんはベッドの上で上半身を起こして対応してくれた。

「無理しないで、寝たままで大丈夫ですよ」

あれだけの負傷だ……体を動かすのも辛い筈。

「いや大丈夫だ。この国を救ってくれた恩人に対して、寝たままの対応では申し訳ない。まぁこの体勢も誉められたものではないが」

そう言って笑うザナトスさんの目は、疲れを隠しきれていなかった。

当然と言えば当然だ。

目の前であれだけの仲間を失って、自分も死ぬ一歩手前の怪我を負ったのだから。

「王国の『鉄壁』なんて呼ばれて持て囃されていたが、情けない限りだ」

ザナトスさんは恥ずかしそうに呟いた。

「そんなことありませんッ!!　ザナトスさんがいなかったら、この国はもっともっと大変なことになってました!!　僕も無事じゃ済まなかった筈です。そんな……自分が情けないなんて言わないでください」

ドラゴンのブレスすら弾いて見せた人が情けないなんて、そんなことあるわけがない。

僕はちゃんと見てた。

国を守ったのも、仲間の折れそうな心を立ち直らせたのも、最後まで戦い抜いたのもザナトスさんだ。

だからこそ、そんなザナトスさんが弱音を漏らすのを黙って聞いていられなかった。

「ラゼル君……君にも助けられた、ありがとう。覚悟していなかったわけではないんだがな……流石に目の前で仲間が死に過ぎた。だが、私もこの国の騎士団のトップとして、勇敢に戦った仲間のためにも……いつまでも下を向いてるわけにもいかんか……」

ザナトスさんは僕にというよりも、自分に言い聞かせるように喋っていた。

少し時間はかかるかもしれないけど、ザナトスさんはきっと立ち直ると思う。

本当に短い時間しか関わってないけど、ザナトスさんは辛いことを乗り越えて前を向ける。

そんな人だ。

＊

ザナトスさんと話したあとは、特に何をするでもなく、まったりと過ごした。

夜になり、あとはもう寝るだけ。

部屋には僕の他に、リファネル姉さんとレイフェルト姉、ルシアナの三人がくつろいでいた。

「明日にはゼル王国を出発かぁ。何だかシルベスト王国が懐かしく感じるね」

長く感じたけれど、実際この国に滞在した期間は短い。

シルベスト王国を出る前は、まさかここまで苦戦を強いられるとは思わなかった。

そりゃ二千の魔物が迫ってるなんて聞いた時は、楽に終わるとも思ってなかったけど、まさか姉さん達ですらあそこまで苦戦するとはね。

「ふふ、わかるわよラゼル。早く自分の家に帰って、お姉さんと寝たいのよね？　私も同じことを考えてたわ」

「あ〜…………そうだね、僕も楽しみだよ」

いつものようにからかってくるレイフェルト姉に、僕は少しそっけなく返事をした。

「あ、何よその感情の籠ってない返事は。もう、家に帰ったら凄いんだから」

「え……凄いって、なんのこと？」

「ふふ、わかってるくせに」

そう言いながら、レイフェルト姉は僕の方へ寄ってくると、耳元に顔を近付けて、

「――キスのことよ。朝まで離してあげないんだから」

ルシアナとリファネル姉さんに聞こえないように、囁いてきた。

まいったなぁ……僕としてはキスをすることは約束なので、もう仕方ないとして。

軽くチュッと、唇に触れるか触れないかくらいでサッと済ませようと思ってたんだけどなぁ。

朝まで離さないって…………僕、窒息しちゃうよ。

「わっ!? ――ちょっと危ないじゃないルシアナ!! いきなり何するのよ！」

レイフェルト姉に向けて放たれる、ルシアナの魔術。

避けた後の壁には、氷の礫がめり込んでいた。

毎回思うけど、これ本当に当たったらどうするんだろ…………

まぁレイフェルト姉に限って、そんなヘマはしないと思うし、ルシアナも本気で当てるつもりはないっていうのはわかってるんだけどさ。

見てるとヒヤヒヤするよ…………

「私のお兄様に近付かないで下さい！　お兄様は耳が弱いんですから」

何故かバレてる僕の弱点。

いや本当のことだけどさ……

「ふん、私はわかってやってるのよ。ラゼルの焦った顔も好きなのよ、私は」

「いいから、お兄様に必要以上にくっつかないで下さい!!　だいたい、お兄様には私さえいれ

ば十分なんですから」

凄い自信だ……

「何よ、ラゼルが追い出された時、一番最後に来たクセに。私は最初からついていったわよ」

「あの時はラルク王国にいなかったんですから、仕方ないですの！」

何だかヒートアップしてきたなぁ……

そろそろ寝たいから、皆隣の部屋に戻ってほしい。

「まぁまぁ、二人とも落ち着いてください。ラゼルの怪我も完璧ではないんですから、あまり騒ぐのはやめましょう」

そう言って二人の喧嘩を止めるリファネル姉さん。

いつもなら、二人に混じって争ってそうな気もするけど。

「ラゼル、私達はそろそろ部屋に戻りますね。何かあったらお姉ちゃんを呼ぶんですよ？

さぁ、行きますよ」

レイフェルト姉とルシアナの間に入って、二人の手を引くリファネル姉さん。

二人も渋々といった感じで、リファネル姉さんについていく。

「ん？　誰か来ますね」

三人が僕の部屋を出ようとした時だった。

リファネル姉さんがそんなことを言って、立ち止まった。

それからまもなくして、ドアがノックされた。

姉さんの言った通り、誰か来たようだった。

こんな夜に誰だろうか？

「失礼します、ラナです。少しお時間よろしいでしょうか？」

ノックしたのがラナだとわかり、僕はドアを開けた。

すると、そこにはラナだけじゃなくてナタリア王女もいた。

「ラナとナタリア王女様？　どうしたんですか？」

「こんばんはラゼル様。遅い時間に申し訳ありません。バタバタとしていて、中々時間がとれなかったもので……」

そう言うナタリア王女の目には、うっすらと隈が出来ていた。

憶測でしかないけど、今回の魔物の襲撃の件で王女としてやることが沢山あったに違いない。

「先日、リファネルさんとルシアナさんには、ラナと一緒に王城に出向いていただいた際に、父と共にお礼を申し上げたのですが、ラゼル様は怪我をされて目覚めてないと聞いてたので。この国を去る前に、どうしても直接お礼を言いたかったのです。ありがとうございました」

そういえば目が覚めた時に、レイフェルト姉がそんなことを言ってたよね。

ってことは、リファネル姉さんとルシアナはナタリア王女のお父さん、国王に会ったのかな。

「まさか魔物だけでなく、魔族まで現れるのは予想外でした。被害は大きかったですが、結果的に皆さんのお陰で、危機は乗り越えられました」

ナタリア王女の魔族という言葉で、気になっていたことを思い出した。

あのベネベルバという魔族が、姉さん達と戦ってた魔族を〝魔王〟と呼んでいたことを。

姉さん達は気付いていたかどうかわからないけど、僕はそれがずっと気になっていた。

「そのことで、伝えようと思ってたことがあるんですけど………」

僕はナタリア王女とラナに、そのことを話した。

＊

「魔王………ですか。本当にそう言っていたんですか？」

「はい、ゼル王国内に侵入してきた魔族がそう呼んでいるのを聞いただけなので、確証はないんですが」

そう、確証はない。

けれど、姉さん達三人を相手にあそこまで渡り合うなんて、メチャクチャな実力を持ってることは確かだ。

「そうですか………このことはゼル王国だけで収まる話ではないので、とりあえず父に話してみます。すぐに大陸の近隣諸国で協議の場が設けられると思います。勇者パーティの方々の意見も聞くべきでしょう」

ファルメイアさんも魔族の動きが活発になってるとは言ってたけど、これからもこんな風に魔族が攻撃を仕掛けてくることが増えるんだろうか。

僕達がゼル王国に向かうことになったきっかけも、勇者パーティの人達が他の魔族のもとへと行ってしまったのが原因だし。

不安だ……。

その後は夜も遅い時間帯ということもあってか、ラナとナタリア王女はすぐに帰っていった。

＊

そして、遂にシルベスト王国へと帰る日がやってきた。

僕達は忘れ物がないかをしっかり確認してから宿を出て、ラナが待ってるであろう王国の門へと向かっていた。

泊まってるとこまで迎えに来てくれるとのことだったが、足の怪我の調子もいいからリハビリがてら歩きたいって言って、門に集合にしてもらったのだった。

もう少しだけこの国に滞在していろいろ見てみたい気もするけど、ここ最近の魔物騒動でまだ国が混乱状態だっていうのに、呑気に観光ってわけにもいかないもんね。

気軽に来れる距離ではないけど、また落ち着いたら訪れてみたいな。

「んーっ！　やっと帰れるわ。今回は流石に少しだけ疲れたわね」

レイフェルト姉が両手を空に向けながら伸びをした。

「早く帰ってお兄様とイチャイチャしたいですわ」

僕の腕にくっつきながら歩くルシアアナ。

歩きづらいから離れてくれないかなぁ……

「こらルシアアナ！　ラゼルは足を怪我してるんですから。そんなにくっついては歩き難いではありませんか」

そんなルシアアナを、リファネル姉さんが注意してくれた。

もう足の怪我はゆっくり歩く分には何の問題もないけれど、単純に歩きづらかったので助かる。

「何を言いますかお姉様！　私はお兄様が足を怪我してるから、肩を貸してるだけですの」

誰がどう見てもそういう風には見えないけどね。

でもいいんだ。

もうすぐ馬車に着くし、それに――

僕は気付かれないように皆を見る。

その体には魔族との戦闘で負った無数の傷が刻まれている。

決して深くはないけれど、完璧に消えるまでは暫く掛かるであろう傷。

僕はそれを見て、いたたまれない気持ちになる。

僕のわがままでゼル王国に来て、そのせいで負った傷。

皆は気にしなくていいって言ってくれたけど、やっぱり気にしてしまう。

普段から怪我なんて滅多にしない三人だけに、余計だ。

「僕は大丈夫だよ。もう足もそこまで痛まないしさ」

ルシアナの頭に手を添えながら応える。

「お兄様ぁ～！　大好きですわ!!」

頭に添えた指の間から、ルシアナのアホ毛が嬉しそうにピョコピョコと揺れる。

犬の尻尾みたいだ。

「もうラゼルはルシアナに甘いのよ！　たまには私も甘やかして欲しいわね」

「ハハハ……」

プンスカとわざとらしく頬を膨らませるレイフェルト姉に、愛想笑いで返す。

う～ん、確かに自覚はないけどルシアナには甘いかもね。

やっぱり妹っていうのが大きいんだろうなぁ。

昔っから僕に甘えてベッタリだし……

でも逆にレイフェルト姉やリファネル姉さんには、甘やかされてばかりだから。

二人を僕が甘やかすなんて、ちょっと想像できないかな。

それから少し歩いて、僕達はラナが待つ馬車へ到着した。

馬車の付近には数人の騎士に護衛されたナタリア王女と、クラーガさんとゴズさんが。

見送りに来てくれたんだろうか。

「ではナタリア。私達はシルベスト王国へと戻ります」

ラナがナタリア王女へ、最後にお別れの挨拶をする。

「ええ、今回は本当に助かりました。今後、シルベスト王国が困った時はゼル王国も最善を尽くします。ラゼル様達も本当にありがとうございました。シルベスト王国が嫌になったら、いつでもゼル王国へ来てくださいね」

「もう、ナタリア!!」

「フフフ、冗談ですよ」

相変わらず二人は仲が良さそうだ。

「坊主、初日はすまなかったな」

僕に声をかけてきたのはゴズさんだった。

大きい体を曲げて頭を下げている。

「いえ、もう気にしてないですよ。それよりも無事でよかったです」

「嬢ちゃん達もすまなかった。俺もクラーガ団長も助けられた。他の皆はまだ動けねぇけど命に別状はないそうだ。ありがとな」

続いて姉さん達にも謝罪とお礼の言葉を述べる。

最初の出会いこそあんな感じだったけれど、仲良くなったらきっといい人なんだろう。

何よりクラーガさんの仲間なわけだし、根っからの悪者ってことはないよね。

一緒に共通の敵と戦ったっていうのもあるからか、今ではゴズさんに対して嫌な気持ちはない。

きっと姉さん達も同じ気持ち――

「このデカブツ！　次ラゼルに何かしそうになったら殺すわよ！」

「死刑です、死刑!!」

「優しいラゼルに感謝することです」

と思ったけど、そんなことなかったか……

「ハハッ、まぁ俺に免じて許してやってくれよ、こいつも反省してるからよ」

隣にいたクラーガさんがゴズさんのお尻をゲシゲシと蹴る。

クラーガさんはふざけて蹴ってるんだろうけど、ゴズさんは結構本気で痛そうにしている。

「クラーガさん！　怪我してるんですからじっとしてないと駄目ですよ!?」

「そんなつれねーこと言うなよ、ラゼル。俺とお前の仲だろ？　ほれ」

クラーガさんの右手が僕の前へと差し出された。

別れの握手ってことかな。

僕もそれに応えようと、手を握った瞬間。

体がグイッと、凄い力で引き寄せられてしまい、気が付けば僕はクラーガさんの胸元へと抱き寄せられていた。

「ク、クラーガさん!?」

「また必ず会おう、ラゼル」

――はむっ、はむはむ。

「はわッッ！？？」

クラーガさんの柔らかな唇が、僕の耳を三回、カプっと甘噛みした。

あわわぁ〜、耳がくすぐったいよぉ。

「このッ!!　今のは絶対許せませんわッッ!!」

ルシアナの激昂と共に、僕とクラーガさんの間に土の壁が出現した。

なんて言うか、これほどわかりやすく予想できる展開もないよね……

攻撃系の魔術じゃないところを見るに、ルシアナなりにクラーガさんの怪我を考慮してくれてるんだろうけど。

「ハハハ、じゃあな！」

「ま、待ってくださいよ団長ぉ！」

土の壁がサラサラと消えてく頃には、クラーガさんはかなり遠くまで走っていった後だった。

あんなに走って大丈夫かな、また傷が開かないといいけど。

「ふふ、最後まで騒がしい人ですね」

そう笑うナタリア王女に最後にもう一度別れの挨拶をして、僕達はいよいよゼル王国を発った。

エピローグ

シルベスト王国へ向かって走る馬車。

行きと同じく、到着は五日後の予定だ。

一日目はクラーガさんに抱きつかれたことを、姉さん達にチクチクと遠回しに言われたりしたけど、それ以外は特に変わったこともなく馬車に揺られながら外を眺めていた。

「お兄様お兄様、私シルベストに着いたら一緒にお出掛けしたいです！」

シルベストへの道のりも丁度半分くらいに差し掛かった頃、ルシアナが僕に寄り掛かりながらそんなことを言ってきた。

「別にいいよ。何か欲しいものでもあるの？」

「いえ、特には」

ん？　お出掛けって言うから、てっきり買い物かと思ってたんだけど。

「ただお兄様と一緒にお出掛けしたいだけですわ。シルベスト王国がいくら小国とはいえ、まだ見てない場所も沢山あるでしょうし。まぁ言ってしまえばデートです！」

あぁ、そういうことね。

「そうだね、僕もそんなに詳しくはないけど」

ラルク王国にいた頃もこうして理由もなく「デートしましょう」とかいってきて、それに付き合ってぶらぶらしてたっけな。

「あ、あの、そのお出掛け私もご一緒してもいいでしょうか？」

ラナが申し訳なさそうに手を挙げて聞いてくる。

「うん、全然大丈夫だよ」

「え～、せっかくのデートですのに」

明らかに不服そうな声を上げるルシアナ。

「そんなこと言わないでください。私がシルベスト王国の良いところをご案内しますから！　ね？」

ラナはそれに屈することなく、必死に懇願する。

「はぁ仕方ないですわね、今回だけです」

「本当ですか？　ありがとうございます」

パァっと笑顔になり、ラナはルシアナの手を握りしめた。

もうだいぶ打ち解けてきた風に感じるけど、これをきっかけに更に仲良くなってくれたらいいな。

「じゃあ皆でお出掛けですね！　お姉ちゃん張り切ってお弁当を作ります」

リファネル姉さんの言葉に、背中がゾワッとするのを感じた。

「皆で出掛けるのはいいけど、リファネル。前にも言ったと思うけど、貴女には料理の才能が皆無なんだからやめてちょうだい！　黙って剣だけ振ってればいいのよ」

レイフェルト姉の容赦ない言葉がリファネル姉さんへと向けられる。

最後の言葉は少し余計な気もするけど。

ていうか、いつの間にか皆で出かけることになってるし……

「でもいいのかな。魔族だ魔王だとか大変な時に遊んでて」

ナタリア王女が言うには、近いうちに近隣諸国で話し合いが開かれるって言ってたけど……

この大陸を巻き込むほどの大きな戦になった時に、知らんぷりもできないだろうし。

「そんなのは勇者パーティに任せとけばいいのよ。ラゼルが気にすることはないわ！」

「その通りです。今までもそうだったように、これからもラゼルに振りかかる災厄はお姉ちゃんが斬り伏せます！」

まぁ、姉さん達の言うとおりか。

確かに今そんなことを考えてても、僕達にできることなんてないだろうし。

いろいろ考えるのは、話し合いの結果を聞いてからにしよう。

＊

――ゼル王国を発って五日目。

遠目にシルベスト王国が見えようかという距離になった時、ある異変に気付いた。

「ねぇ……何か聞こえない？」

気のせい、ではないと思う。

微かに、本当に僅かにだけど、シルベスト王国の方から何か聞こえてくる。

何だろうかこれは…………笑い声？

「そうね、確かに聞こえるわね。──リファネル、これって……」

レイフェルト姉が億劫そうに、姉さんに問いかける。

「ええ、間違いないでしょう。この笑い声…………ロネルフィです。ついにラルク王国が本腰を入れてきましたか」

「本腰も何も、いきなり本気出しすぎじゃないかしら？　ゆっくりできると思ってたのに、勘弁してほしいわ」

ロネルフィって……嘘でしょ!?

一難去ってまた一難とはまさにこのことだろう。

ラルク王国の出身者ならば誰でも知ってるであろうその名前が、姉さん達の口から出た。

僕は会ったことないけど、その武勇伝はいくつも聞いたことがある。

生まれてから現在に至るまで無敗だとか、たった一日で五万人を斬り殺したとか、Sランク指定の魔物を素手で殴り殺したとか。

数えきれないほどの伝説を持つ、ラルク王国最強の女戦士。

全部が全部本当のことかはわからないし、噂に尾ひれがついて広まった可能性もあるけど、一つだけわかることがある。

それは、実力が何より重要視されるラルク王国において、実力もないのにそんな噂が広がる可能性は低いってことだ。

「ね、姉さん、あれって……」

馬車がシルベスト王国へ近付いていくにつれて大きくなる笑い声。

そしてもう一つの、異常に気付く。

「ええ、燃えてますね」

シルベスト王国の方を見据えて、冷静に答えるリファネル姉さんだけど……

これはいろいろと不味いんじゃ……

「そ、そんな……!?　王都が燃えてッ!?　ど、どうしましょう、ラゼル様!?」

燃える自国を目の当たりにして慌てふためくラナ。

何でこんなことに……せっかくリバーズルが滅茶苦茶にしたあとの復旧作業が進んでいたのに、これじゃ今までの作業がパーじゃないか。

「お、落ち着いてラナ。とにかく行ってみよう」

何が起きてるかは、行ってみないとわからない。

僕達は馬車を、煙と笑い声のする方へと急がせた。

＊

ラゼル達が、何かしらの異変が起こってるであろう現場に駆けつけるとそこには――

「アッハハハハハハハハハハハッ、アハハハハハハハッ！！！　いいわ、あなた最高に面白いわッッ、もっと、もっと、もっとよッ！　もっと私を楽しませてッッッッ！！！」

燃えさかる炎の中、激しい剣戟を響かせる人影が。

「……何であいつがまたここにッ!?」

ラゼルは戦闘中の人影へと目を向け、眉をひそめた。

人影は三つ。そのうちの一つに見知った顔がいた。

それは楽しそうに笑ってる声の主じゃなくて、その笑ってる戦士に相対してる二人のうちの一人だった。

「あいつ……今度こそ逃がしませんわ!!」

そう言い放つルシアナの視線の先に映るのは、以前シルベスト王国を襲った魔族、リバーズルだった。

何故また魔族がシルベスト王国にいるのか、あの魔族と戦ってるのはいったい誰なのか。疑問はつきないがラゼルは状況をより詳しく把握するべく、更に目を凝らした。

＊

狂喜的な笑い声を響かせながら、武器を振るう赤髪の女性。

そして、それに相対する全身鎧に身を包んだ高身長の魔族。鎧のせいでどういった容姿をしてるかはわからないが、尻尾が二本鎧から飛び出てる所を見るに魔族で間違いないだろう。

それにリバーズルと共にいるのが、魔族である何よりの証拠でもある。

その戦闘を見て、ラゼルはすぐに違和感に気付いた。

「あれ？」

「どうしたんですか、お兄様？」

「リバーズルを見てよ。おかしくないかな？　体が再生してないように見えるんだけど……」

「本当ですわ。……少し気になりますね」

よくよく注視してみると、リバーズルの右手の肘から先と、右足が失くなっていた。

苦悶の表情を浮かべ、かなり疲弊してるようにも見える。

その怪我のせいなのか、リバーズルは鎧の魔族と女性との戦闘をただ傍観してるだけだった。

以前、あれだけリファネル達に細切れにされても再生していたはずなのに、今は何故あんな状態なのか。

だがラゼルはそれよりも更に気になってることがあった。

「リファネル姉さん、あの魔族と戦ってるのがロネルフィって人なの？」

ラゼルはすぐ隣で同じく戦闘を見ていたリファネルへと、疑問をぶつけた。

先ほどから魔族と武器をぶつけ合う赤髪の女性。魔族を相手に戦ってるというのに、まったく負けていない。それどころか若干優勢のようにすら見える。

あの女性がラルク王国最強の戦士というならば、ラゼルも納得ができるというもの。

「ええ、そうですね。間違いありません」

リファネルからの答えはすぐに返ってきて、それはラゼルの思っていたことと合致していた。

「じゃあ加勢したほうがいいんじゃないかな？」

馬車でのリファネルとレイフェルトの会話を聞いていたラゼルは、この惨状の原因はロネルフィが引き起こしたものだと思い込んでいた。

剣聖であるリファネルと、賢者と呼ばれるルシアナ、そして二人に連なる強さを持つレイフェルトを連れ戻すため、ラルク王国が追手を差し向けたのだと。

だが今のこの現状を見るに、どういった意図があるかは不明ではあるが、ロネルフィが人類の敵である魔族と戦ってるのは事実。

そのお陰もあってか、過去にリバーズルが暴れた時よりも家屋などの被害は少なく、燃えているのも戦闘が繰り広げられている一部分だけであった。

ラルク王国の戦士がシルベスト王国のために戦ってるんだとしたら、この国で暮らしてる自分達が何もしないでいいのだろうか。

「それはやめたほうがいいわよ」

そう考えていたラゼルだったが、その考えはレイフェルトによって止められた。

「レイフェルト姉……どうして？」

「それは――」

刹那、ラゼルの視界の端で何かが動いた気がした。

「お兄様を害そうとした罪、今こそ償ってもらいます!!」

以前逃げられたことが許せなかったのか、ルシアナがリバーズルに向けて魔術を発動させようと、手を振りおろそうとした時だった。

――ヒュンッ。

風を斬り裂く音すら置き去りにして、ルシアナの魔術が発動するよりも速く、魔族の方から目にも止まらぬ速さで、武器が飛んできた。

「クッ……」

魔術で盾を出現させ、防御しようとするルシアナだったが、それは盾を容易く貫いた。

負けじと盾を何百何千と重ねて対抗するルシアナだが、それらすらも簡単に突き破り、剣の勢いは衰えを見せない。

幾千もの盾を貫通して、ルシアナにその鋭利な刃が届こうかという時、

「舐めるなッ、ですわ！　『圧潰地獄《ヘル・スクイッシュ》』」

ルシアナが魔術名を叫んだ。

ゼル王国で、大量の魔物を一度に屠った時に叫んだ魔術名。

あの時ほどの馬鹿げた大きさはないが、それでも十分巨大といって差し支えないであろう足が三本出現し、武器を三方向から踏み潰した。

基本的にルシアナは本気の魔術にしか名前をつけない。

　つまりこの飛んできた一本の武器は、そうしなければ防げない程の攻撃だったということを意味していた。

「ル、ルシアナ!?　大丈夫？」

「ええ、お兄様。ですが、少しの間下がっててください」

「え、どういうこ――」

「アッハハハ、駄目じゃない、人の獲物を横取りしちゃあ！」

　ルシアナの魔術によって勢いを殺され、地面に突き刺さった武器を引き抜く女性。

　あれ程の圧に潰されたにもかかわらず、武器は無事で、傷一つついていない。

　ラゼルはここでようやく気付いた。

　武器を投擲してきたのは魔族ではなく、ラルクの女戦士ロネルフィだったのだと。

「そんなこと知ったことではありませんわ」

　ラゼルを守るように、一歩前へと踏み出すルシアナ。その表情にはいつもの余裕はなく、今にも魔術を放ちそうな最大級の警戒の色が滲み出ていた。

「アッハハ、生意気な小娘だこと。でも私の剣を防ぐなんて、あなたも相当美味しそうね」

　頬についた血を舌で舐めとりながら、躊躇なくルシアナへと近付いていく赤髪の女戦士。

「相変わらずですね、ロネルフィ」

　が、その歩みはリファネルの声によって止まった。

「本当よ、ルシアナじゃなかったら死んでたわよ？」

レイフェルトの不満気な声が続く。

「お姉様方……この女と知り合いですの？」

「アハッ、久しぶりじゃないの！　リファネルにレイフェルト！　少しは強くなったのかしら？」

どうやらロネルフィはリファネル達とは面識があるようで、二人の方を見て、口角を吊り上げた。

「少しどころか、もうあなたを超えてしまったかもしれませんよ？」

親しげに話してる様でいて、リファネルに一切の油断はない。

その証に、リファネルは手は剣の柄を握ったままであった。

「ああ～、もう！　すっかり美味しそうに育っちゃって!!　あなた達に剣を教えて本当に良かったわ！　これからが楽しみで仕方ないわね」

「……これからとは。まだ私では力不足と？」

「そうね、いい感じに熟してはいるけどね」

「そうですか……ならば今、この場で確かめてみますか？」

リファネルが剣を引き抜こうと、手に力を込める。

それに呼応するように、ロネルフィも武器を構えた。

瞬間、空気が重くなるのをラゼルはおろか、ラナでさえ感じていた。

「やめておくわ、私今とっても昂ってるの！　久しぶりに猛者とやりあえて、――ねッ!!」

ロネルフィは構えたその武器をリファネルに振ることはせず、誰もいないはずの背後へと振り抜いた。

――剣と剣がぶつかり合い、耳を塞ぎたくなるような激しい音が響く。

「我を忘れないでほしいのである」

そこにはいつの間にか先ほどまで戦っていた鎧姿の魔族が立っていて、ロネルフィの鋭く重い一閃を自らの剣で受け止めていた。

「アッハハ、もちろん忘れてないわよ！　あなたとはこれから楽しくなりそうだったものね!!　こんな胸が熱くなる戦いは久しぶりだわッッ、さぁ、もっと殺りあいましょうッ!!」

ロネルフィがリファネルに背を向け、鎧の魔族との戦闘を再開しようとした時だった。

「メ、メルガークの旦那、今回は流石に分が悪いぜ!?　前回俺が苦戦したっていったのはそいつらだ。ただでさえそこの赤髪は異常だってのによぉ」

鎧の魔族を、リバーズルの切羽詰まった声が止めた。

「お前が苦戦したからと言って、我が苦戦することにはならないと思うが？　リバーズル、貴様、我が負けるとでも？」

鎧の兜の僅かな隙間から覗く赤く血走った鋭い目が、リバーズルを睨み付けた。

「ち、ちげーって、そうは言ってねぇ、けどよ。もう戦い続けて三日だぜ？　旦那は平気かもしれねぇけどよ、俺はもうこの通り、手足の再生もままならねぇ状態なんだって！　ここは俺を助けると思って、お願いするぜ」

同じ魔族の幹部とはいえ、メルガークは頭一つ抜けた異質な存在。

リバーズルも下手な口を利けば消されかねないが、このまま戦闘が長引けばどのみち命が危ない。

一か八か、嘆願する。

「――知ったことか、といいたいところではあるが。ふむ、お前が死んだとなると我が魔王にネチネチと言われるやも知れぬしな……致し方あるまい」

僅かばかりの思考のあと、同族の哀れな姿を見てメルガークは決断した。

「強き女よ、お前の名を聞いておきたい。我が名はメルガーク。魔族最強の男なり」

「へぇ、そう。私はロネルフィよ。てか今回はこれまでみたいな雰囲気醸し出しちゃってるけど、このまま終われるわけないでしょ？」

「すまないが、今回はこれまでなのだ。――リバーズル」

「恩に着るぜ、旦那」

「あ、ちょ待ちなさいってば――」

メルガークが懐から小さな石を取り出した。

魔王とベネベルバが使ったのと同じ、転移石だった。

直後、眩い光と共に姿を消す二人の魔族。

「はぁ……まったく、舐めた真似を……でもまぁいいわ。久しぶりに見つけた敵だものね、簡単に斬ったらつまらないわ。――アハッ、アッハハハハハハハハハハハハ！！！！」

その場には狂喜的に笑うロネルフィと、いまいち状況を理解できていないラゼル達が立ち尽くしていた。

《了》

あとがき

どうもお久しぶりです、戦記暗転です。

まずは『姉が剣聖で妹が賢者で』二巻を買っていただき、本当にありがとうございます。

一巻の発売から約一年経過してしまいましたが、なんとか二巻を出すことができました。

こうして出版できるのも、皆様のお陰です。

そして、今回は二巻の発売と同時にコミカライズ版の一巻も発売されます。

作画の方は『そらモチ』先生が担当してくださいました。とても綺麗で丁寧な絵を描く先生です。

初めてコミカライズを見た時は感動しました。小説の時もそうでしたけど、漫画で見るとまた違った喜びがあります。

『大熊猫介』先生のデザインしてくれたキャラクターを漫画的、かつ魅力的に表現してくれています。

自分の書いた小説のキャラクターが動くというのは、いいものですね。

Ｗｅｂやアプリでも公開されてるのですが、公開日が近付く度にワクワクしてたのを覚えてます。

また、イラストレーターさんも一巻の時と同じく『大熊猫介』先生が担当してくださいました。

先生が担当してるのは私の作品だけではないので、忙しいなか引き受けていただきありがとうございました。

『大熊猫介』先生の描く絵は個人的にも大好きなので嬉しいです。

一年前は初書籍化で、今回は初コミカライズ。わからないことも多かったですがとてもいい経験になりました。

今後とも執筆活動は続けていくつもりですが、三巻が出せるかはわかりません。

もし出せたならその時はよろしくお願いします。

それでは皆様、世間的には色々と大変な時期ではありますが、くれぐれもお体に気をつけて、健康にお過ごしください。

戦記暗転

BRAVENOVEL
ブレイブ文庫

姉が剣聖で妹が賢者で 2

2021年4月24日　初版第一刷発行

著　者　　戦記暗転

発行人　　長谷川　洋

発行・発売　株式会社一二三書房
〒101-0003　東京都千代田区一ツ橋2-4-3
光文恒産ビル8F
03-3265-1881

印刷所　　中央精版印刷株式会社

■作品の感想、ファンレターをお待ちしております。

■本書の不良・交換については、メールにてご連絡ください。
株式会社一二三書房　カスタマー担当
メールアドレス：store@hifumi.co.jp

■本書は小説投稿サイト「小説家になろう」(http://syosetu.com/)に掲載された作品を加筆修正し書籍化したものです。

ISBN 978-4-89199-696-3